橋 20 冬／winter QIAO
18

第 8 期

編輯
札記

　　2018年10月下旬，龔鵬程先生至北京返台，10月28日，在台北錢穆故居（素書樓）開講「轉型時期的文化視野與想像」，從傳統轉型、東亞共榮到體制內外的教育發展，龔先生都有著許多非同一般學界與世俗的見解，講座知識高密度、博雅且通權達變，令我們重溫了一種寬廣的人文精神與情懷。在後現代及解構早已蔚為主流的二十一世紀初期的台灣，知識分子即使無法在一線介入社會，但召喚昔日歷史上更寬廣的文藝、思想與行動，中和世俗日常與小確幸，或許並非是全然無意義的吧。

　　《橋》的工作何嘗不是如此？第八期的台灣新銳作家專題，推薦優秀青年作家張郅忻和她的「聯合國」。透過作家細膩同理的眼光與溫度，打開另一些在台灣的東南亞移民／移工的底層視野，以及早年台灣人在海外（越南）的紡織廠的歷史與生活，見證大歷史與小歷史交會下的世態、人情、夢想與各式生命的流變。

　　繼續評介兩岸晚近的文學新作外，本期新增「青年現場」專欄——歸納與分析了新世紀以來台灣文學中的「少女」書寫現象，論者透過四位創作／生產出來的「少女」個案，討論她們從變裝到偽裝的形象與「純愛／情」的想像執念。

　　「如何勞動，怎樣書寫」收錄了2017年底在台師大的一場討論非虛構與虛構的座談修訂稿，藉由分析林立青《做工的人》及魏明毅《靜寂工人》，我們能夠看見台灣當下的兩種勞動書寫的特質，及階段性的介入與旁觀的各自限制。

　　「『文學性』的再反思與重構」則為2017年歲末於淡江大學所舉辦的兩岸現當代文學評論青年學者工作坊的論文／發言稿的紀要。在兩岸中生代學者對「文學性」的觀念疏理與相關作品的再解讀與累積下，我們期望能持續擴充對「文學」理解與想像的力量，並為下一個世代再度奠定綜合美感、歷史、社會與哲理深度的「文學」視野。

　　最後，從本期開始，本刊由台北人間出版社與台灣師範大學全球華文寫作中心聯合發行，以期共同推動、發掘與評介華文世界的優秀現代文學新人與新作。

（文／黃文倩）

橋 20 18 / 冬 winter QIAO

第 8 期

目次

補破網——
張郀忻
和她的「聯合國」

台灣新銳作家專題

張郀忻

張郅忻創作自述
紡織、家族與記憶：《織》與我的追尋

張郅忻

張郅忻（1982-），出生於新竹，成長於湖口。曾於人間福報副刊撰寫專欄「安咕安咕」，蘋果日報專欄「長大以後」。曾獲桐花文學獎、國家藝術文化基金會補助、文化部青年創作補助等。著有散文集《我家是聯合國》（2013）、《我的肚腹裡有一片海洋》（2015）、《孩子的我》（2018）以及長篇小說《織》（2017）。

《織》是我的第一本長篇小說，在此之前，我出版了兩本散文集。在第一本《我家是聯合國》（2013）中收錄了一篇約三千字的散文〈織〉，這篇文章寫作的時間，是我的阿公過世不久後的事，當時我去了一趟越南，對照了童年聽阿公談起在越南西貢紡織廠工作的舊事，寫下這篇文章。

我成長的小鎮湖口位於新竹縣的最北端，再往北行就是桃園。小時候，出遠門到大城市去，要不是往北去中壢市，要不就是往南到新竹市。長大以後，回看這兩座城市，都覺得並不是什麼大都會，但對自小在小鎮裡成長的我來說，那裡就是最繁榮的地方，有百貨公司、金石堂書店，還有麥當勞、肯德基。而湖口只有面對火車站的那

「阿婆、我和爸爸在爸爸的租屋。阿婆的記憶力沒有以前好了，每次分開即使是一個星期，都覺得好像好久沒見。爸爸生病，正在與癌症搏鬥。而我每天打卡上班、加班，想著未來究竟該如何下去。有各自困境的我們，在這租來的空間相聚，剎那即永恆。」

——郅忻

條街最熱鬧，其餘的地方多是稻田。據長輩們說，湖口土壤貧瘠，同樣大小的田，種出來的稻米產量常不及鄰鎮的一半。也許是這個原因，湖口有大大小小的池塘，儲水灌溉農田。印象裡，太公時常騎著老舊腳踏車，帶著釣魚竿與昨日炒好的誘餌，到池塘邊釣魚。太公並非老年得閒，他年輕時就是如此，釣魚、賭博、看電影，是他生活的全部。沒有經濟收入，加上家境貧困，身為長子的阿公只得替人做長工，後到紡織廠工作，再憑一身修機器的技術，遠赴西貢的紡織廠。阿婆說，那時西貢紡織廠給的是美金，薪水是在台灣工作的十倍。家庭的重擔、戰地的機會與誘因，讓阿公離開才三歲的屘子到西貢去。

我的父母在我還小的時候離異，妹妹們和我都是由阿公阿婆帶大，也因此，我有更多的機會聽阿公說他的故事。「西貢」這個地名，就是當時最常提及的一個遙遠的遠方、夢想的國度。但當時的我還小，並不知道西貢有多遠？越南在哪裡？越南、台灣和美國之間的關係又是什麼？而當我開

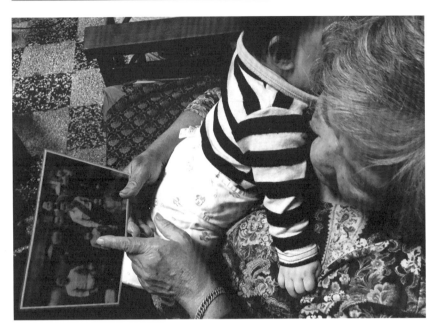

八十歲的阿婆拿著老照片，講過去的故事給我聽

始想寫這個故事的時候，阿公已經病故，諸多疑問都沒有了答案。散文的
〈織〉像是一個疑問的開頭，卻仍不足以回答阿公究竟為什麼需要到陌生的
地方工作？他在那裡經歷了什麼？又是為何匆忙放棄一切、回到台灣？

　　為了可以更了解當時的背景，我花了一段時間閱讀相關的歷史資料，
並且也透過訪問蒐集相關的資料。這些訪問，大多從身邊的人開始，這時
我才發現，身邊原來有那麼多人曾經在紡織廠工作過，比如我從越南西寧
省嫁到台灣的大嬸嬸、我的親姑姑，還有一位表舅。也寫信給不認識的紡
織廠，請求讓我訪問與參觀。這些紡織廠，有的依靠逃跑移工在夜晚運
轉，也有的努力研發新材質布料，與崛起的大陸紡織廠競爭。此外，在小
說撰寫的過程中，我透過台灣認識的越南朋友牽線，找到一位在胡志明市
從事布料買賣的朋友，有機會拜訪當地的紡織廠與染整廠。

阿公當年在西貢紡織廠,拍攝的紡織機

　　我兒時曾經隨阿公到紡織廠,當時印象最深刻的,除了漫天飛舞的棉絮外,就屬紡織機的聲音最令我震撼。多年後,我以寫小說的名義,到達不同紡織廠,再次聽見紡織機聲時,彷彿多年前的聲音在千迴百轉後,終於來到耳畔,忍不住落下眼淚。同時,我也再次對紡織機運轉聲音之大感到震撼,即使我戴著耳塞走進紡織廠,廠房內機器運轉的聲響仍讓我無法久待。我看著眼前在紡織廠工作三十年的大姊,完全不需要耳塞,習以為常的在我眼前,牽起斷裂的線、打結,靠在我耳邊大聲說話。這樣的聲響,必須是親臨現場、親自接觸,才能體會。

　　透過小說細節的追索,我得以明白,這些所謂個人的選擇,並不完全是個人的選擇,還有更大社會脈絡影響著一切。寫完以後,感覺故事還沒有結束,希望能在不久的將來,繼續依著未完的線頭寫下去。

長篇小說選刊

《織》選摘

文‧圖／張郅忻

幻燈片④

我畫「阿有」在員工宿舍裡

保庇

習慣一件工作以後，人跟工作就在一起了，無論工作多辛苦，改變往往比繼續更困難。阿有不想改變，也沒有能力改變。要不是後來發生了那些事，他打算就這麼在品興做到退休。

1959 年 8 月 7 日，下了一場前所未見的大雨。工廠有些庫存來不及收妥，全泡湯。阿有抱怨老天雨下得讓人毫無準備，卻不知道事情比想像更嚴重。幾天後，中南部災情傳到北部，死了幾百人，聽說溪流上飄著好多不知名的浮屍。一些和品興固定往來的下游廠商，包括幾間染整廠和成衣廠，機器幾乎全部毀損，好的留下外殼，壞的是整台機器都不知飄到哪裡。品興受到影響，出貨量頓時掉了半成。

天災完後是人禍。隔一年，美國開始限制台灣紡織品的出口量。品興囤滿賣不掉的白紗與胚布。阿有知道事情不太對，卻還是相信公司能度過難關。

1961 年 6 月，要養超過千人員工的品興，不堪長期虧損，決定放棄機器廠，以主業紗廠與織廠為主。公司一次裁去二百三十多人，其中一百多人是機器廠員工，阿有與老張都在名單裡。還是鈴木せんせい親自到機器廠，向舊部屬宣布這項消息。在正式宣告消息之前，已經有不少員工先行求去。留下的，大多是公司的舊部屬，相信公司的人。相信公司，換來的卻是一無所有，卡將說的沒錯，他是大憨。

整個機器廠瀰漫一股沉重的氣氛。阿有的身體已經習慣機器廠運作，一下子突然停止，他感覺到渾身的肌肉都不對勁。這時，鈴木せんせい往阿有走來，這個曾要阿有無論如何留下來的老師傅，拍拍他的肩，說：「年輕，出去是好事。」

阿有看著鈴木せんせい全白的髮鬢，也只能點點頭。事到如今，也沒有其他方法。阿有離開家鄉，到北部應徵鶯歌紡織廠，雖然離家遠一點，

但薪水多了兩百元台幣。隔年中和紡織烏日廠來挖角，阿有又到更遠的中部工作。薪資從一個月七百台幣，跳到一個月一千台幣。為了賺更多錢，阿有越跳越遠，但從沒想過要離開台灣島。

若不是鈴木せんせい勸說他到越南去，阿有打算再跳槽到遠東紡織廠。鈴木せんせい連續來家裡拜訪三次，說品興紡織廠的二經理和五經理到西貢創廠，需要人手。最後一次來時，鈴木せんせい沒有進屋，手扶著租來的泥土牆，對阿有說：「想有水泥房，去西貢。」

「安全嗎？聽說在打仗。」阿有看著兩歲多的屘子說。

鈴木せんせい嘆口氣說：「農民說看天吃飯，我們是看美國吃飯。越南打仗，西貢錢幣流通，世界的人都在那裡。」

「はい。」阿有一面允諾，一面抱起攀著他大腿的屘子。鈴木せんせい伸出手指逗弄屘子，屘子卻不知何故嚎啕大哭起來。

就在鈴木せんせい造訪後不到一個月，報紙刊登南越總統吳廷琰被暗殺的消息。報紙報導旁，放著一張叫阿有印象深刻的照片。一個著袈裟的僧侶坐在街路上，雙手合十。只能看見半邊的臉，表情痛苦，身體的另一半被熊熊大火吞噬。阿有記得幾個月前，各大報紙才大肆報導這起事件。佛僧釋廣德為抗議總統吳廷琰禁佛教，選擇在人潮眾多的范五老街自焚。照片傳遍世界，連支持吳廷琰的美國政府，也發出譴責。

阿有看著報紙照片，身體忍不住顫抖。從沒有過的不安感襲來，就像火光燒到衣角。卡桑也看見了，問：「西貢安全無？」

阿有不敢看卡桑的眼睛，翻到下一版，說：「無問題啦！恁多老同事佇該位。」其實，阿有心底也會驚，但是如果不去，妹妹們還沒嫁，家裡細人又多，永遠只能租別人的屋。

就在阿有猶豫不決時，鄉裡市場尾發生一件異事。黃家用來貯水灌田用的溜池，頭擺就聽說常在暗夜出現神火，政府實施街路擴大計畫，要把溜池整平，竟在池底發現一尊只有七寸的媽祖神像。這件事情一下子傳

開，鄉民出錢出力，打算在填平的溜池上蓋間媽祖廟。在廟蓋好之前，媽祖婆神像暫時被擺在大樹下供奉。

媽祖婆管海，阿有想這一定是媽祖婆顯靈，要保庇他一路平安。他一連幾天到媽祖婆神像前燒香跪拜，發願在西貢賺錢回來，會多添香油錢。

隔年春天，出國前，老族長特地在祠堂席開三桌，宴請阿有。可以被老族長這般重視，是阿有從沒想過的。

從桃園機場出發這日，除了身體不好的阿瑞外，全家都來送機，還向房東借來一台照相機，全家人在桃園機場留下幾張難得的合影。那是阿有第一次摸到真正的相機，透過觀景窗，他看見卡將的綠色連身衣，看見穿著紅白條紋衫的春梅，還有穿著洋裝的小玉。卡嚓一聲，阿有把家人的樣子牢記腦海。

阿有先飛到香港啟德機場，再轉搭越南航空抵達新山機場。下飛機，公司派人來接他。接送的人不是別人，是老同事王森。阿有從鈴木せんせい那知道老張在這裡，但不知道老王也來了。以前在品興的時候，同事們最喜歡拿老張和老王來比較，戲稱：「老張一張嘴，老王一雙手。」他們同是上海人，性格卻天差地遠。

「阿有，好久不見。」老王主動上前握住阿有的手。他梳著旁分油頭，身著白襯衫、西裝褲，腳下著皮鞋。一副讀書人的樣子，如果拿本書，就像個大學教授了。

「沒想到在這裡見面，你全沒變！」阿有說。能在陌生的地方遇見熟面孔，阿有相當歡喜。

「哪裡沒變，頭髮都白了。三年前，我跟著經理來這，就聽說你要來，沒想到一等就是三年。」老王帶阿有坐上公司車，司機是個叫阿南的越南人。車子從機場往市區行駛，阿有隔著窗戶望著這個新世界，法國殖民留下的建築、連排梧桐樹、各種不同款式的車在街路穿梭。阿有深吸一口氣，想知道會不會連空氣的味道都不相同。由於長年在紡織廠工作的關

係，阿有的聽力一年不如一年。倒是嗅覺越來越靈敏，常剛進家門，就知道今天晚上煮了哪些菜。

　　一股焦味摻雜在空氣中，竄入阿有的鼻腔裡，叫他又想起那張照片。不知道為什麼，他時常想起僧侶著火的畫面，並且忘不掉那條街的名字，范五老街。他麻煩老王帶他去晃一圈。車子來到范五老街，阿有搖下車窗左右張望。他知道范五老街是街路，卻沒想到比想像中更鬧熱。它鄰近濱城市場，街道右側是青綠公園，不少人在公園旁散步，或乾脆坐在欄杆邊緣休息、聊天。左側都是店面，招牌上寫著越南羅馬字。街路本身不算寬，卻有不少汽車、摩托車、三輪車、腳踏車來來往往。若不是有一股焦味從地面向上發散，阿有實在很難把這條街和那張照片聯想在一起。

　　「要下車走走？」老王問。

　　「不用了。」阿有答。他想，老王一定沒聞見那股焦臭味。

　　車子調頭往另一端去，味道變得稍淡。大約半小時，窗外風景與剛才不大相同，招牌大多有兩種文字，除羅馬字外，還有漢字。阿有睜大眼睛默念：麗聲戲院、萬國眼鏡行、明星理髮、天虹酒店。路邊出現一間大廟，他轉頭問老王：「那是什麼廟？」

　　「天后宮，清代就有了。有四個華人幫會管理，包括廣東幫、潮州幫、福建幫和客家幫。下車看看吧。」老王向阿南說幾句越南語，阿南把車在路邊停下。

　　老王和阿有下車後，阿南將車往前開。阿有站在天后宮中央拱門下方，抬頭見上方掛著一塊匾額，寫著「穗城會館」四個金字，門前掛著兩只八卦燈籠。廟內外妝點色彩鮮豔的陶飾，裡頭有一銅鐘和銅香鼎，上頭插滿香灶。阿有走往正殿，望著媽祖婆神像，心底念著家鄉的媽祖廟應該快蓋成了，舉手合十，閉眼默念：「信徒陳有福出生台灣新竹湖口，為賺錢正來西貢，希望媽祖婆保庇，早日賺錢轉屋家。祈求媽祖婆保庇信徒全家平安。」

　　拜完媽祖婆，阿有望著神龕上的媽祖婆像，對老王說：「這裡不像外國。」

　　「你看媽祖的右邊，是龍母，傳說是戰國時代百越族的首領。左邊是金花娘娘，廣東人相信金花娘娘會保佑女人和小孩。」老王指著兩邊解釋。邊聽老王解釋，阿有邊雙手合十，右拜龍母，左拜金花娘娘，管祂什麼神，有拜有保庇。

　　「這一帶叫『堤岸』，華人多，不少有錢有勢，公司大股東就是這條街最大間酒店的老闆。但再有錢也得看政府吃飯，法國殖民的時候，華人發展得好。到吳廷琰，開始有些限制。」老王說。

　　阿有聽到熟悉的名字，問：「南越的總統『吳廷琰』？」

　　「是啊。雖然說吳廷琰對華人限制多，但他死的前一天，卻是去堤岸潮州幫大老馬國宣家避難，死時穿的還是馬國宣的西裝。這裡頭關係太複雜，不是我們這些小老百姓可以了解的。吳廷琰一死，就換楊文明上台，現在是阮慶，誰知道下個接班的是誰？這些我們管不了，也不用管，把錢賺夠，回家。」老王說完便領著阿有往廟前走去。

　　才剛離開家的阿有，覺得回家還是相當遙遠的事。他此刻只想好好休息，便問：「到宿舍還有多久？」

　　「廠房在堤岸外圍，不遠。我們先回宿舍，老張等著了。你和老張，」老王欲言又止，搖搖手說：「那麼多年，我提這做什麼。」

　　阿有笑了兩聲，他知道老王指的是他和老張相打的事。有件事老王不知道，那是在他和老張打架以後發生的。阿瑞剛滿三歲，連續幾天發燒不退，被送進新竹省立醫院。阿有一時籌不出醫藥費，向同事阿華借錢。阿華說得回去向老婆商量，隔日拿了兩千塊給阿有。阿有把整年加班費省下來，一年後還給阿華。阿華才說，那筆錢其實是老張給的，他轉述老張的話：「他說他沒孩子，沒負擔，不要緊的。他要我不要告訴你。這筆錢，我替你還他。」阿有想親自向老張道謝，但一遇見老張，只是點點頭走

過，直到離職還是沒把話說出口。

車子駛離天后宮，那股焦味又變得濃郁起來。很少暈車的阿有，感到暈眩、噁心。他一路壓抑著想吐的衝動，等到車一停下，立即打開車門，一股腦往地上吐。

「沒事吧？」熟悉的聲音自前方傳來。

阿有見走來的那人腳穿皮質拖鞋、西裝褲、白襯衫，臉上掛著一副黑墨鏡，派頭像明星般，真是老張！他露出一口整齊白牙，笑著說：「怎麼，一見到我就吐！」

阿有擊出一拳，輕落在老張的左肩。老張順勢伸出右手，搭在阿有的肩上，說：「肚子的東西都吐光了吧。走，到附近吃飯，今天算我的。」老張和老王帶阿有到附近的一間專賣河粉的小餐館。阿有沒胃口，點了碗雞肉河粉，勉強吃掉半碗就回宿舍，提早上床休息。

阿有躺在床上，望著身邊白紗蚊帳隨風晃動。平日老覺得擠滿春梅與細人的床太小，如今一人睡一張床又覺得空蕩，心底想著老王說賺夠錢回家的事，也不知還要在這張眠床睡幾久？

觀景窗

隔日上工。廠房比他在台灣待過的廠房小，但設備全是新的。這裡的新式廠房盡多，除了他工作的成功紡織廠外，還有越南、越美、合成、東亞、東南……等好幾家公司。大部分都是各幫華人一起投資，再聘用像他們這樣從台灣過去的「專業技師」，負責指導機器運作和維修。至於現場員工有些是當地華人，有的說潮州話，有的說廣東話，也有越南人。一個小小廠房裡聚集各種語言，比起從前在台灣工作時還要多。

阿有很快體會到，語言背後有勢力的關係。最高的是當地的華人，有人脈、有勢力；他們這些海外移去的專業技工，憑著修理技術，也有一定的地位。最沒地位的，就是當地的越南人。他們多半負責現場的工作，或

是一些打雜的，比如廚房煮飯的、司機和打掃的員工。阿有頓時因為自己的華人身分，在廠房裡抬到較高的地位，這是從前沒有過的感覺。

不過，再怎樣還是人家的員工。阿有牢記老王說過的話：「賺夠了錢，回家。」

廠房雖然只有過去工作大廠的四分之一規模，但在廠房裡，機器差不了多少，阿有很快摸熟這裡的機台運作。鶯歌和台中雖然不能說是家鄉，但至少還在台灣，搭個夜車就可以回家。現在沒有辦法，再回家起碼也是一年以後的事。

反而是工作時，因為熟悉廠房的環境，很容易忘記自己身在異鄉。好在公司常有急單，讓阿有日日加班，從早到晚待在廠房。身體夠累，就不會去想回家的事。

這裡的廠房比較不同的是，除了上方的天窗，壁面還開著一扇連著一扇小窗，窗邊沾滿棉絮。感到疲累的時候，他可以往窗外望，那些窗開在壁面上，就像從相機望出去的觀景窗。窗外有稻田、有雜草，還有一棵棵梧桐樹。梧桐樹像時時提醒他，這裡不是家鄉，多加班，多賺錢，好早點回家。

整整一個月，只有遇到放假日，有非得要出門辦的事，比如去堤岸理個頭髮、買點水果，阿有並沒有想出門的念頭。他和老王待在宿舍裡下象棋，度過休假的空閒日子。至於老張，則一到放假就不見人影。

一日，老張非要帶他去個好地方。阿有心底想，再好也沒有故鄉好。

他們傍晚時往西貢去，入夜的西貢還是一片喧鬧。老張帶他去的好地方，是一條霓虹燈閃爍的酒吧街。紅色、藍色、綠色，各種光把這裡照成另一個世界，所謂的五光十色、燈紅酒綠應該就是這樣。年輕細妹臉上畫著濃妝，眼睛像貓一樣。她們穿細肩帶、迷你裙，腳上踩著高跟鞋或露趾涼鞋，雙手塗擦鮮豔指甲。阿有看得目瞪口呆，他從來沒見過裙子穿得那樣短的細妹。

還有，不同聲音從四面八方傳來，英文、日文、法文、越南文，還有好多他也聽不出來的話。真識全世界的人全來這位了。

　　老張熟門熟路，推開其中一道門。酒吧裡，燈光昏暗，酒氣沖天，煙味繚繞，音樂聲特別大，是阿有聽不懂的英文歌曲。

　　「到西貢工作，沒來過這裡，不算來過！吳廷琰死後，這些酒吧、舞廳越開越多，跟上海有得比了。」老張拉著阿有，走近吧台，喊：「Mojito。」轉頭望向阿有。

　　「我不喝酒。」阿有搖著手，怕老張沒聽見。

　　「交個朋友總沒關係吧。」老張話才說完，一個細妹走來坐在他們之間，伸出一隻手來，拿起老張前方的酒杯喝了一口，留下半個鮮紅唇印。老張輕輕撫摸那隻白細手腕。

　　阿有也想伸手摸那隻手。但很快又打消那念頭，他不由得想起被頭家賣掉的雲姊，也想起在紡織機前工作的阿美，再想起春梅和細人。對自己有這樣的念頭，他懷著深深的罪惡感，不禁後悔跟著老張來，早知就跟老王待在宿舍。他起身往門口去，打算搭三輪車回堤岸，再步行回宿舍。

　　只要找到回堤岸的車就可以了。阿有一面想，一面推開玻璃門，逃難似往另一條街路快步走去。沒走幾步，老張從後頭跟上，拉住他的手，氣喘吁吁地說：「怎麼沒說一聲就走？再帶你去個好地方，這次保證你喜歡！」

　　老張帶他離開酒吧街，穿過幾條街路，來到一條寬闊大街。沿街綴滿的黃色燈泡把夜晚點亮。阿有目瞪口呆望著街邊擺滿各式各樣商品：玻璃瓶裝的紅白酒、香菸、收音機、攝影器材、軍用刀、軍服、軍用吊床，甚至高爾夫球具、網球用具、皮製大衣外套、香水和化妝品。幾乎都是全新的。吆喝聲、殺價聲，此起彼落。

　　「怎麼樣？沒騙你，是個好地方吧！」老張指著胸前口袋上掛著的墨鏡，說：「這玩意就從這買的。」

「這是哪裡？」阿有問。目光盯著一旁攤子上的相機。他一直很想要一台相機，但在台灣，一台相機要他好幾個月的薪水，根本不敢想。

「Post Exchange，三軍消費合作社的黑市。簡單來說就是給美軍和眷屬購物的免稅店，有的後勤美軍和這裡的商人『打交道』，把這些東西通通流出來。全是好貨啊！」老張發現阿有盯著街邊攤販瞧，拉他走至攤前。

阿有指著那台相機，正打算開口問賣貨的中年男人「多少錢」，老張搶先一步開口：「How　much?」接著，小聲對阿有說：「這裡說英文才不容易被騙。」

「This camera was used for two years. Just 100 dollars.」膚色黝黑的中年男人用流利英文說道，打開相機鏡頭遞給阿有。

「相機用了兩年，100 元美金。」老張幫忙翻譯。

阿有接過相機，心底盤算著，越南月薪五百美金，雖說大部分要寄回台灣當家用，但還算負擔得起。他從褲袋掏出皮夾，買下夢寐以求的相機。他把相機背帶套上脖子，手握相機。將眼鏡對著觀景窗，透過鏡頭，他看見黃色燈泡一朵一朵開在街道兩端，整座城就像一艘浮在海上的船。他擁有了一台相機，以後，他還可以有更多東西，也許，真識做到頭家也無一定。

阿有站在船上，卡桑、卡將、春梅和細人都在岸上。他感覺自己隨著船，離岸緊來緊[1] 遠。而他眼前的世界緊來緊大，也緊來緊看冊清楚。

1　緊來緊：越來越。

補破網

張郅忻和她的「聯合國」

沈芳序

1999 年，社會學者藍佩嘉，扛著一籃髒衣物，走在芝加哥族群融合的某個社區路上，遇見陌生中年白種男性，沒頭沒腦地問了她：「Do you know anybody who can take care of my mom?」這段經歷，被寫在《跨國灰姑娘：當東南亞幫傭遇上台灣新富家庭》的首頁。這種對於種族的制式「想像」，在張郅忻的作品裡，有了更遼闊的描述。

相較於張郅忻首部作品《我家是聯合國》，她的第二部作品《我的肚腹裡有一片海洋》輯一「出航」，裡頭羅列了不少外配的故事。

不論是因父債嫁來台灣，卻未被善待而逃跑的「她」；覺得家中鐵窗「並非防小偷，而是為了監禁自己」的清芳；還是婆婆不希望她去上識字班的映雪。這些看似個人的「故事」，會不會其實也是「沒有臉孔」的外配之共相。

在〈髮的出航〉中，越南女子阮映雪嫁來台灣南方的大港。姐姐則北嫁至韓國，藉由「出嫁」而得到的錢，都拿來貼補家用。映雪小時候因為看過仙度瑞拉與人魚公主的故事，對「美」的形象認知是雪白皮膚、金黃頭髮，「她願意像人魚公主一樣，與巫婆交換，她要用烏黑的髮交換一身

白皙皮膚」。來到台灣後，聰明的映雪進修，習得美髮手藝，總將自己染成一頭金髮，「每長出一截黑髮，她就替自己補上顏色」。金髮，總讓映雪想到人魚公主，這對她來說，是一種夢想的完成吧。於是，就算「丈夫其實不愛她染髮，但她不管，這是她的堅持」。在故事中，婚姻作為一種手段，映雪並非被動地如姐姐般被安排，她是自告奮勇地，她要的「不只是愛，她要航向她的遠方」。所以縱使婆婆精明，縱使人在異鄉，但她努力蛻變。如果人魚公主拿聲音換雙腳，那麼，映雪拿得就是肉體／婚姻，來換取變化的可能性。

當先生希望自己別去上識字班時，她說：「你難道要你的太太笨笨的嗎？」一語戳破了不想讓女性變聰明的企圖。於此，不樂意的婆婆，遠比映雪的先生阿同來得強勢。這位年輕喪夫，獨力養大兩個兒子的精明婆婆，或許期待的是映雪如自己般，扮演好一種 「受害者」角色，或女性「該有的樣子」。但映雪並不，所以「婆婆對她總是不稱意，除了婆婆覺得阿同偏袒她多一些，還包含這幾年她沒有懷上孕」。婆媳問題（在這應該更精確地說，婆婆對媳婦的敵意），來自於將媳婦界定成和自己搶奪男性（兒子阿同）的競爭者。婆婆對於映雪的憤怒，還來自於映雪對於子嗣漫不經心的態度。一個女人（婆婆）對另一個女人（媳婦）身體的控制，來自於父權制度中，要有男丁傳承香火的觀念。這樣的壓迫，來自另一個被壓迫成習慣，乃至內化成父權制度「最佳代言人」的女性。這無疑是充滿諷刺的。

而把握著改變機會的映雪，擁有了在「太歲頭上動土」的能力，考上了美髮執照，她給看來憨直的阿同剪了個年輕的龐克頭，也為婆婆燙髮。我以為張郅忻此篇，珍貴處在於翻轉了外配長久以來，總是被支配的形象。

映雪更常想的是工作室的模樣，櫥櫃裡將擺滿各種顏色的染劑，可

以滿足不同人的需求，金黃的髮、烏黑的髮或者紫色的髮，與其說她想
當人魚公主，不如說她更想成為女巫，擁有改變的力量，可以幫助需要
的人。她甚至把工作室想像成一艘船，航行大海中，行俠仗義般，實現
其他女子的夢想。

　　擁有了改變的力量（髮藝），映雪跨越了種族、性別、長幼尊卑，開
始改變自身與他人。在這篇作品中，我也想到了琦君的名篇〈髻〉，同樣
是兩個女人搶奪一個男人，結局卻在琦君父親去世後，「母親和姨娘反而
成了患難相依的伴侶」。這種「姊妹情誼」，除了來自爭奪物的消失外，
還來自與同個男人擁有共同記憶的親近感。映雪和婆婆的矛盾，在文章結
束時，看來仍得繼續，或許有天，當婆婆願意不再與媳婦進行競爭，彼此
間才有可能開啟真正的「對話」。

　　而在輯二「女人魚」中，同名作品〈女人魚〉，從魚的「生態」，談兩
個女人（母親與婆婆）的大半生。「洄游」是婚嫁、追夢的遷移路線。「鱗
片」，則是指兩個女子的衣著與外貌。而「覓食」則是女人的謀生之道和
廚藝，婆婆靠公公的薪水提供日用，勤於學習廚藝；而自己養自己的母
親，雖然廚藝不佳，還讓兩次婚姻中的男人，靠其吃穿。「天敵」，則指
出了婆婆的天敵是孩子，母親的天敵為男人。對於天敵，因為既愛又怕，
所以總是付出得多，得到的少；徒增許多煩憂。媽媽的「棲息地」在綺麗
卻逐漸傾頹的台北小套房裡，婆婆的「棲息地」，就在家裡。在這些比較
後，新一代的女人魚如作者說：「當我還小的時候，我曾經以為自己是一
條女人魚，終究要遇到心愛的王子，上岸成人。」這裡，竟隱隱與〈髮的
出航〉中的映雪，相互呼應。只是映雪的「法（髮）器」是美髮技術，而張
郅忻的，則是寫作。「如果我寫，如果我重新編織破洞的網，能不能改變
一些些什麼？我邊想邊往光亮處游去，那裡有忽明忽滅的希望。」

再回到張郅忻的首部作品《我家是聯合國》，裡頭所書寫的家族物語，在日後的《我的肚腹裡有一片海洋》和小說《織》中，都能看到大量的重複與延續，例如在《我家是聯合國》中，提到外公如何為了兩歲即夭折的妹妹入祠堂而努力：「本來，未嫁的張家女兒是不許入祠堂的，耆老們殷殷告誡狗肉上不了神桌。」這篇〈姑婆入祠堂〉，到了《我的肚腹裡有一片海洋》中的〈祖堂遺事〉，也有相同的紀錄：「從前未嫁女死後不能入祖堂，新祖堂完工後，宗親會更改規定，讓清白女身入祀，雖曾引起老輩族人反對，直稱狗肉上不了神桌，但最終仍讓一百多位未嫁女共享香火。」

而在《我的肚腹裡有一片海洋》裡的〈早餐〉，到了《孩子的我》中〈米飯的滋味〉，延續記錄了喜愛米食的這件事。前者是這樣說的：「雖然家裡賣早餐，我的早餐卻一成不變，阿公會準備一碗白飯放在瓦斯爐旁，配上阿婆做的煎荷包蛋、清燙高麗菜沾醬油及昨晚吃剩的回鍋菜，便是我的早餐。」後者則寫：「從小早餐就是一碗白米飯，配上燙青菜及煎蛋」。乃至小時候在家中早餐店幫忙的回憶，在〈早餐〉（收錄在《我的肚腹裡有一片海洋》）與〈從早餐店到早餐店〉（收錄於《孩子的我》）中，都可看到類似的記載。此外，家中早年經營湖口第一家西餐廳「楓林牛排館」，桌上的潔白餐紙，「印有阿爸的題詩、阿母的水墨畫」（收錄於《我家是聯合國》）。

到了《孩子的我》〈筆下的世界〉也有這樣一段：「我的衣櫥裡留著一幅媽媽畫的水墨畫，上面畫著幾枝隨風搖曳的竹子和兩隻小鳥；還有家裡經營的楓林牛排館，所用的餐墊上的圖是媽媽畫的花鳥水墨，再搭配上爸爸的題辭。」小說《織》當中，列出女兒阿瑞寫給父親陳有福的信，到了《孩子的我》，則是〈寄至越南的家書〉。乃至小說中春梅往越南探夫一段，又再現於〈遠方行〉中。花了一些篇幅舉例，其實是想要提出一個身為讀者的觀察，在這些重複裡，我們看到了作者對於某些生命課題的不停釐清與反芻。

此外，在《我家是聯合國》的封面，張郅忻的姓名兩側，分別羅列了：客家、越南、印尼與南非、阿美族、泰雅族。父系是客家人，繼母是花蓮阿美族（並有一個同父異母的么妹），而其中一個妹妹則嫁與南非人。小阿姅是印尼外配，大阿姅則為越南外配。因為父親工作，而接觸的泰雅族人。這些形構了作者身處的「聯合國」。這些多元文化以一種淺淺淡淡的描述為形式——小作者一歲的小阿姅因為家務與漢字，被阻礙進入社會的同時，作者「忙著加入社團、認識學伴，為多買幾本書、幾件衣服，才接家教打工。「你提早結束的青春，我賴皮無限延宕。」而當已身披新娘衫的小阿姅坐在異國的新房中，「我」除了念書，「喜歡戴黑框眼鏡、泡泡襪搭配短版百褶裙，入夜睡前必和男朋友講一個小時電話。」那種作品中所顯現的輕淺，或許正是來自於彼此的隔閡，與無暇深化她者處境的細節。「妳在異地落地生根，我輾轉不同城市與家鄉越離越遠」。一種位階上根本的不同，再加上並非真的和這群描述對象朝夕相處，讓作者寫出的「聯合國」觀察，呈現一種有距離感的節制。

而那距離感，究竟只是因為作者與被描寫者間的距離造成，還是身為讀者的我，對於被描述者也持有既定想像的緣故？我不停質問著自己。那些年齡差距過大的婚姻、語言不通的困窘、在家鄉等待匯款的親人、印尼式和越南式的菜餚、傳統文化、精神的被縮減；這些重要但已慢慢成為一般人「觀看」的角度外，張郅忻的書寫的相對特質究竟是什麼？

而張的第三本作品《織》，則將家族題材聚焦到阿公早年到越南的故事。一切的起點從阿公的死亡開始。對比於上一代往外打拚，我更留意作品中，關於對未來期待一路下坡的「我」之描述：「以為上了好高中，就能考上好大學，考上好大學，就能找到好工作。然而，多年以後，我站在同一班列車上，往同一個方向，對未來的期待僅剩下面試順利，有分兩萬多的薪水可以支撐生活。」而這個「無用」的自己，被比較的標準正是家中

從其他國家遠嫁而來，年齡都比自己小，卻早已結婚、生子，婆家娘家兩邊都得兼顧的她們。「對生活毫無熱情的我」，在整部小說中，如一縷幽魂，尋著阿公南向的腳步，除了認識年輕時的阿公，更大的意義，恐怕是為自己找尋出路。對比於多年前在家侍奉一家大小，然後出國尋夫的春梅（「我」的阿婆）、那個最後將珍貴的兩人機票，給了負心男子及其髮妻的越南女子阿秋，乃至努力向不公抗爭的小惠——「我」的存在感稀薄；春梅在越南與先生阿有遇到政治動盪，死裡逃生從越南回到台灣後，反而生出了一種勇悍心：「大子欠錢，屋家分銀行查封，屘子發癲，妹仔離婚。她毋識怪麼誰，這是報應，是回家的代價。只要全家共下，有土有水，能活下去就好。」而到了最後，完成了越南之／織旅的「我」，終於也體會到：「就算帶著傷痕，帶著遺憾，也要好好活下去」的道理。於此，才算真正完成了一種女性意識的傳承。

除了阿公南向從事紡織業外，織女阿秋與小惠的形象，也呼應了這本書名。「織女」，原本是陳有福（阿公）時代，越南「堤岸街路邊傳統織布廠的女工，以手動木織機織布。聽說她們工作、生活全在一起，幾乎都沒結婚」。在這個版本的織女故事裡，陳有福是有婦之夫，阿秋則是父母雙亡的逃難者。兩人最終分離，也並非被拆散，而是因為「牛郎」陳有福下了決定，捨棄織女，帶原配春梅回台；而小惠，是與「我」同年紀的年輕一代織女，沒有父親，泰雅族母親發瘋不在身旁，在資本主義的剝削下，她成了「對老闆來說，我和其他人，只是會動的紡織機。老了、壞了，就該淘汰。」身為社會的底層，便宜的勞動力，小惠積極參與了勞資糾紛的抗爭。

而傳統牛郎織女的傳說裡，牛郎救了金牛星下凡的老牛，並得其指引，跑到仙女們沐浴處，拿了織女的衣服，後來兩人結為連理，還生了龍鳳胎，最後卻因為仙凡通婚，觸犯天條（有另一說是兩人過於恩愛，男

廢耕、女廢織，惹惱了玉皇大帝），最後織女被帶回天庭。而老牛告訴牛郎，等自己死後，可用牛皮為鞋，就可騰雲駕霧，上天尋妻，不料王母娘娘又以頭上簪子，劃出分隔兩人的銀河。相對哭泣的織女一家，感動了眾多喜鵲，為其搭建相會的鵲橋。最後王母娘娘，允許他們每年七月七日在鵲橋相會。這個某種程度是有情人終成眷屬的故事原型，到了阿秋與小惠身上，有了非常大的翻動。讓人想到在張郅忻作品中，一再被提及的童話故事：睡美人、人魚公主、白雪公主……。小說中的「我」對堂妹小 Q 說：「如果睡美人或者白雪公主，都沒等到王子怎麼辦？」當「我」在思考睡美人為何會選擇紡織機最銳利的紡錘針尖探索時，也因此推斷「睡美人一定是個沒有生活感的人」，然後《睡美人》的故事讓我想起小惠。如果小惠是主角，鐵定不會被紡錘刺傷」。我想那是因為小惠是個非常有生活感的人吧。在這些片段裡，身為一個讀者，總能讀出作者想以現實改寫制式童話的企圖。在反覆翻讀這些文字的過程中，我也總能浮現眾多女子衝撞、突破、重新補命運破網的形象。

　　而作家最新的散文集《孩子的我》，一開始就點明了立場：不是依附於「我」的孩子；而是被孩子需要的「我」。甚或根本也就是一個孩子的「我」。在書名上，可看見作家對於從己身而出的另個獨立生命的對應思考。在〈月台洞穴〉的篇章中，那連結熱鬧前站與寂靜後站兩個世界的所指，是時光隧道，也是一個母親誕子的產道──「穿越現在與過去的洞穴」。作家和讀者們，或許也能在一次次穿過這個記憶中的通道時，共享其滋養，成為一個更新的人。

【沈芳序，靜宜大學閱讀書寫暨素養課程研發中心助理教授】

穿梭在西貢與台灣間
細讀張郁忻《織》

黃文倩

根據統計，台灣的外籍移工人數已約占總人口的十分之一，2017 年，在台的外籍移工人數，更高達六十餘萬人，他們大多承擔了底層的勞動工作，以及許多家庭的長照看護責任，成為新台灣不可或缺的一份子。因此移工書寫也是近年來台灣文壇重視與開發的新視野之一。除了由移工投稿自述生命經驗的移工文學獎，目前台灣寫的較好的移工文學的代表作家，資深作家、社運工作者顧玉玲自然是先峰，青年作家張郁忻更是重要的新秀。但是，不同於顧玉玲的調查、訪問、非虛構的敘事，張郁忻從《我家是聯合國》開始，採取的更多是將移工整合進家族書寫的方式，新作《織》，更以小說會通散文和作者主體的溫柔、善意與細膩，將考察「移工」的角度，拉回台灣人自身，著重考察與擴充的，是早年在外國（越南）工作的台灣人的生命史，包括他們為何要漂洋過海工作？這些底層的越界「跨國」勞動，對他們的家庭、婚姻、感情又會造成什麼影響？台灣早年紡織業的發展與蕭條，跟冷戰局勢與國際關係又如何連動？

《織》共有七章，分別為〈纏〉、〈縫〉、〈染〉、〈穿〉、〈織〉、〈紗〉及〈剪〉。結構為基本的倒敘，以阿公之死為起點，敘事者「我」開始回溯過去，一方面以「我」的有限知的視角，帶出一個善良的小女孩所感覺到的家族世界中的人情、關係與變化，二方面採取了全知的視角，重構一段早年底層的台灣人，為了生活、為了夢想，遠渡重洋到越南（在小說中為南越，主要地方為西貢）的紡織廠工作，希望一圓「頭家」（老闆）夢，但在後來的越戰爆發的波及下，最終草草撤回台灣，也遺留了一段未完成的愛情故事。

　　味道書寫與記憶是此作的重要線索，人之死只是肉體之死，但長期一起共同生活的味道仍在，各式的日常物品也在，家庭中人與人之間的疏離與矛盾也仍在繼續。阿公死了，還在失業中的「我」趕緊回家，家中的小叔「癲狗叔」對「我」似乎也不太友善，因為「我」的父親（家族中的大哥）曾經幾乎敗光了阿公的家產，僅剩下目前大家住著的破舊房子。「癲狗叔」雖然長期工作不順，精神也有問題，對自己的家產權益仍很清醒且計較，但有時候卻也是最瞭解「我」的人，瞭解「我」的細膩與善良，瞭解「我」對沒有見上阿公最後一面的遺憾，關鍵時刻還是以「他是聽到妳的聲音才走的」來安慰「我」。由此可見，作者對人物處理的立體與家族間人情糾葛的理解與溫厚之美。

　　「我」跟阿公的關係雖纏繞卻也最深刻，因為阿公早年在西貢工作了十一年，幾乎沒有照顧與陪伴孩子長大的機會，反而是到了「我」／孫女的這一代，阿公長期陪伴及教育「我」長大，因此「我」比家中的父輩，對阿公有著更深的感情。所以阿公死後，「我」才能一點一滴重新拼湊回阿

公的一生。

　　回憶在這種重構中，嚴格來說只能適用「我」的有限知的視角，其主要的文學作用，在於保留一個敘事者的溫柔、善念的情感。所以我反而認為，張郅忻採取全知的手法，寫阿公在西貢的生命史，由於需要調動與整合更多早年的中美日等國際關係、越戰等背景歷史與知識，並揣摩人物在當中的情感與變化，在書寫上明顯的更有深度，也因為有了這方面歷史化的鋪陳，張郅忻的視野開始有了日後能成為大作家的氣象。

　　這段重要的歷史主要集中在第六章〈紗〉，阿公早年家中務農，生活貧困，給人家作長工，十八歲時進入內壢品興紡織廠，從一般的紡織工作做起，但由於遇到了早年同屬底層（日本山村務農）的日籍師傅鈴木先生，開始認真跟鈴木學習。作者隱隱中有一些社會主義式的「國際」視野，不同國家間的底層人民以最樸素的方式相互扶持。小說中亦反襯安插阿公的同事老張，基於早年全家死於日本人手上，找到機會便大罵鈴木：「你們日本人就會欺負我們中國人」，阿有（即阿公）不認為如此，立即跟老張打了起來，最後還是鈴木基於「他還年輕。這次事情，我負責。」替阿有跟工廠道歉，才平息此次的「族群」矛盾。

　　很明顯的，作者必然有意識到「族群」矛盾的抽象判斷和具體理解的複雜層次，老張的憤怒並非來自於鈴木先生本身，而是一種對「日本」抽象上綱的不滿，而阿有基於實際的生活與互動經驗，站在鈴木的那一方，也並非就是對大日本的族群認同，更多的只是一種對師傅的忠誠與好感，而鈴木最終出來替阿有（徒弟）道歉，也仍是一種人間的道義與情義了。但更微妙的是，到了後來，有一回阿有的孩子生病需要錢，亦是老張私下

偷偷地拿錢幫忙……，敘事者在穿梭各種人事線索的「織」中，暗示了人與人之間的情與義、對與錯，有時候既被抽象的信念／偏見所把持，但更多的仍保留了人與人之間，跨越國族的底層人民「同是天涯淪落人」的無私與相濡以沫的可能。

這種對於具體人物立體生命的同情地理解，更巧妙且細膩地反映在阿有／阿公的性格塑造、時代影響，以及他跟越南女朋友阿秋的關係上。

從小女孩「我」的印象來說，阿有／阿公是一個很木訥又保守的人，「我」一直不知道也難以想像，阿有會在婚姻關係之外有女朋友，也因此小說採取了全知視角來展開這樣的關係與敘事。

台灣紡織業的興起與發展，事實上跟早年日本統治及二戰後的中美對台關係都有關。六〇年代初期，阿有本來任職的紡織廠受到了虧損的牽連，才在日本師傅鈴木的啟發與建議下，才知覺到越南的戰爭，對老百姓而言，其實也是一種熱錢聚集的空間，再加上農村家中人口眾多，又沒有私有的房子，在多重生活所迫的現實考量下，阿有決定到越南西貢去試試新的機會。

無論就小說中的敘事或實際的國際與社會狀況來說，早年出國一趟並非易事，同時相對於台灣六〇年代的鄉土社會，深受法國殖民多時的西貢，在阿有的感覺與眼光裡明顯的更有發展空間。他仍然是一個老實素樸的鄉下人，一個出外逢廟必拜的忠誠媽祖的信徒。也由於確實彼時在西貢的紡織業條件較好，工作忙碌，「我」並沒有輕易地被燈紅酒綠的生活所滲透。然而出門在外，一年只能回家／台灣幾天，人對於美好生活的嚮往與情感的需求，終讓阿友與阿秋相遇，剛開始只是基於紡織相關工作的交

流，後來慢慢發展出感情，作者在書寫此部分的筆法相當含蓄清淡，甚至一直要到很後面，讀者才能慢慢從中發現，原來兩個人早就已經在一起很久，而且阿秋還懷過又拿掉孩子，卻沒有告訴過阿有（儘管他知道卻沒有點穿）。同時，穿插在阿有與阿秋的愛情史的敘事間，是台灣元配的孩子不斷寄到越南給父親阿有的家書，以及妻子來越南探親的狀況。就在阿友和阿秋仍決定在這樣的狀況下，租下新的廠房，似乎暗示著阿有的越南「頭家」夢就要實現，兩人也打算展開更長遠的關係，但一場忽然昇高的越戰，再一次打亂了所有人的命運與規劃，阿秋把準備好逃難的兩張機票讓給讓阿有和他的妻子，此後，該回家的順利回了家（台灣），過上了多年相對安穩的生活，阿有與阿秋的故事就這麼簡單的消散了。而身為阿有的妻子的春梅其實也是始終知道一切的，但在生活的歷練與戰爭的恐懼下，對春梅而言「生活有土有水，能活下去就好。」

作者曾自述她從小的生命經驗，主要是隔代教養，我在閱讀她的作品時，也特別能感受出來作者對老一輩人的生活、生命與情感模式的到位理解，那種情非得已的生命本能（阿有）、那種了然於心的寬容情份（春梅）、那種愛即成全與放手的心痛與善意（阿秋），都讓此部作品添增了大時代兒女情感的自然、堅忍與含蓄純樸的深度，實不容易。

小說中，巧妙相關的還有阿有回了台灣後，多年來照顧紡織廠的另一位女工和她的孩子小惠的關係與故事，小說透過小惠的角度，帶出阿有曾送給她的幻燈片的景觀，「我」在阿公死後，也才能透過這些線索、人事和幻燈片，慢慢重構出一個不同於長年日常家庭相處下的阿公／阿有，阿公對攝影的偏好，他曾有過的豐富生命、美好夢想，以及與友朋之間的道

義及相濡以沫，都在這樣的「編織」下，一點一點還原回立體，而「我」在這樣的「織」的過程中，無疑地亦獲得一己生命意義的飽滿與更新。

此外，《織》的語言使用確實亦是一大特點，結合了普通話、客家話、台語、越南語甚至原住民語，整合程度自然且不匠氣，為何能如此？通常這種主題式的寫作和「多元」融合，儘管有理想，但很容易變成新的一種意念先行和政治正確，但我認為《織》幾乎可以說沒有太過刻意的氣息，這恐怕仍跟作者的心性質地有關。

誠如唐捐在張郅忻《我的肚腹裡有一片海洋》對張的評述與概括：「郅忻並不橫斷地『代言』別人，而是謙卑地打開自我，去靠近，去學習，去傾聽，去體認那豐饒的未知。……」我以為在《織》中，張郅忻實維持了同樣的心性與品質，但視野已更為遼闊，對底層與社會人情更為通透，令我們對她的寫作事業能抱持著高度期待，台灣晚近能夠收穫這樣的作家，實在是一種幸運。

【黃文倩，淡江大學中文系副教授】

兩岸作品共讀

在虛構與非虛構之間・閱讀

楊瀅靜《很愛但不能》

朱國珍《慾望道場》

崔曼莉《殺鴨記》

李　浩《怪異故事集》

垂釣月亮的人

楊澄靜論

洪崇德

一

　　楊牧曾評述楊澄靜初試啼聲之作《對號入座》:「充滿抒情意味的聲調,又不乏戲劇性,以及有機糾合便產生的敘事觀點,都在那特定的結構裡次第展開」。部分作品翻弄裸露的語意並加以拼貼,使詩句節奏與詞群方向性被黏合為狂歡的嘉年華群像,可能存有對夏宇的致意意圖:

　　　　無聲無息得不得了

　　　　一點都不歡樂的歡樂

　　　　很滿意這是最不一樣的節日不必再哼老掉牙的歌

　　　　我們如此深愛著對方當然也深愛著詩歌獨角獸和平和其他

　　　　鈴鐺已經沒有被需要的必要

　　　　繳械投降的老公公和麋鹿都逃到去年和明年去了

　　　　我們唯一偷到的東西就是一枚硬幣

　　　　　　　　　　　　　　　　　　　——〈無聲無息的聖誕節〉

　　被口語誇大的「無聲無息」,使詩歌語言從日常性掙脫,構建語意偏移的矛盾修辭;以長度拖拉詩句彈性,對詩行勾連的物理狀態,亦顯露群體的不諧和徵象。當全詩指向末句:「回憶中的節慶」,自歡樂語調解放翻轉詩意慣性的反面手法,便成為楊牧所言「疏離的感性」。

常是難以壓抑的躊躇與難堪，於結尾處改換原先面貌。即使筆法不乏幽默：「熱戀的時候我們打下去的第一根樁／就吸血鬼似的死亡了」（〈售屋廣告：我已不願居住的房子〉）。對原有邏輯後的延展力，嵌入變異脈絡的創意，都提高作品的耐讀，使大眾讀者和文藝愛好者俱有所獲。

然而以嫁接手法懸置難題、定格畫面，或〈售屋廣告：我已不願居住的房子〉式的靈巧，若試圖落實於「後來我只相信我自己」（〈關掉的時間〉）、「於是 D 問我詩人的距離／我會說那是生活的行徑／有時倒退／有時前進」（〈詩人的距離（一）〉）這般深入生活的自我叩問，可能也力有未逮。這是《對號入座》的未竟之處，亦是為《很愛但不能》新風格成形所留的餘地。

二

「第二本」對於台灣青年詩人，頗具指標意義。看重「第二本」，雖略微保守，卻不無道理——出道作總有太多被寬待的理由（如來自前行詩人的影響的焦慮、多年作品集結無從取捨，導致風格不一……）；詩人的第二本作品集，對「一本詩集」應具備的創作理念、陳列次序與選錄，將被寄予較高的預期。

詩集的命名，可以略窺楊瀅靜的生命狀態，成為兩本詩集主旋律的差異。無論是社會行為陳述「對號入座」或心靈世界的行為「很愛但不能」，楊瀅靜都能準確地捕捉秩序下人類心靈所需索的供需關係，並對其本身進行反思。

《對號入座》從社會生活的信賴關係和侷限性出發，對「對號」行為懷有不安（如同名組詩〈對號入座〉，試圖回應作品是否留給特定讀者，以及乘客何以安於列車的「對號入座」），整本詩集如一趟長程列車，構建不停移動的心靈地景。「那不再是拋錨的生命而是新的」（〈少女普拉絲〉），既然著作《少女普拉絲》能夠因為書店店員從傳記類改放為文學類重獲新生——求學與追尋自我的過程，詩人又何嘗不是以此作自我砥礪？

不僅是「秩序」,「位置」亦是兩本詩集的重大差異。由於視野和子題不斷變動,《對號入座》對社會契約的惶惑,更像是生活碎片裡一處中繼站;《很愛但不能》失去對外在規則驚鴻一瞥的觸動,規則成為生活。規則便是生活。詩人的心靈活動就此被固定,不再來去自由,甚至開始審查自我,對試圖「越界」的心靈策畫充滿不安:

青春讓她誤以為／飛行比較容易(〈精衛蓄海〉)

而現在,生活中隨隨便便一個越界／就好容易使我舉步維艱(〈越界〉)

對於真實發生的情感／不管好壞那／無形的能量令人疲倦(〈水上葬禮〉)

只有那少女停滯原地／仍然對瑜伽動作身不由己(〈瑜伽課〉)

楊瀅靜藉由獨白的腔調、分行補充的語法,開始以詩歌觸碰較第一本詩集具體的「現代性」——詩人在發達資本主義時代的永恆命題。將秩序和詩歌的敘事進程畫上等號,不再以箭頭與指向組裝詩句,而是「身在其中的」,以富感受性的沉重刻畫行為:

住有電梯的樓梯

上樓就不用太耗力

在沒有他人的電梯裡

常常面對鏡子

和疲憊的自己相處

——〈公寓生活〉

「很愛但不能」的困境,便來自反覆琢磨邊界後,逐漸定居的自我認知。持續「愛」的主觀意識,和城市消磨自我的日常不能兩全,帶來深刻痛

苦的「不能」。遙不可及的遠方與愛人，是《很愛但不能》頻頻眺望之所：

　　即使那裡／只有鳥籠大小／僅僅只是一個可以轉身的縫隙（〈精衛蓄海〉）

　　還好還有／健康的身體可以受苦／可以快活可以／可以在很淡很淡時／藉由想念你得到／短暫的窒息（〈還好還有……〉）

　　不避諱拖沓延長，甚至不惜切割字句，使筆調短促起來，這樣的寫作特點，為楊瀅靜的獨白口吻增添了情緒穿透力；「你是圓心」（〈光之島〉），這個認知是相對「還好我不獨一無二／下雨了／到處都是這種角色」（〈世故〉）所建立的，繼承《對號入座》的疏離感性，卻作用於自我取消。即使理性面向，對那遠方和對象的虛無其實心知肚明：

　　他沙啞地說
　　沒有鎖
　　只有生鏽的門
　　如果你還執意要打開

　　沒有鎖
　　沒有說謊
　　僅僅只是一扇門
　　他沒有可以讓誰定居的土地

　　　　　　　　　　　　——〈打開然後走開〉

　　李進文認為楊瀅靜的本質含括渴望與疏離，使她必須於內外在的辯證中，維持對世界小心翼翼地提問。這個判斷是有道理的。不過，不斷磨損、挫敗，充斥著無能為力的處境，為何仍無法停下楊瀅靜發問的手勢？

唯一的解釋是，楊瀅靜真的「很愛」。即使「很美但不能／很愛但不能」，最後仍要接一句：「堅定到無可奈何」（〈他說〉）。對「迴避與靠近都不過是／內心的獨舞」（〈水淵〉）了然於心，知道「你的形狀可以是任何人的背影／於是我看誰的臉都像你」（〈內心戲〉）存在失去自我的危機，卻沒有放棄希望：「但沒有日／就沒有影／沒有你／就沒有風景」（〈追日〉）。

「很愛但不能」，這樣的句子看似簡潔而難以深化，看似負面而無法持續，這正是楊瀅靜有別於其他詩人之處——並非不懂殘酷，不懂深刻，卻仍選擇將簡單的日常語言點石成金，展現飛蛾撲火的勇氣。

三

楊瀅靜的深受歡迎，可視為台灣詩歌的當代語境和創作者典律對上頻率後的一次成功共振。兩者相輔相成，並沒有偏向哪一個面向。

台灣詩歌走到當代，已越來越不能忽視傳播媒介的力量。如果 1990 年代中葉以來，網路文化和後現代主義的爆發，曾動搖場域內報刊編輯為主的守門人機制；那麼在 2015 左右陸續出現的臉書專頁，如晚安詩、每天為你讀一首詩，便透過快速溝通的自媒體文化，重新為詩歌塑造典範。使用網路的詩人，無論是自我形象塑造，或在這些平台進行的社交行為，都很難抵抗讀者大量、迅速的意見。

當身分與社群行為上的斜槓（Slash）作為現代顯學，部分詩人跨議題發展，往政治正確靠攏，能夠化身下一位意見領袖，或賣弄主要網路使用青年世代正深刻反省的顯學：厭世氛圍，刻意降低閱讀難度。普羅讀者未必對文學存在深厚興趣，卻不介意為自己貼上喜讀文學的文藝青年標籤；另外一群寫作者則專注自身：以深刻的心靈感受面對城市生活如鄭聿、將生活化語言透過敏銳安排次序，點石成金如林婉瑜、面對現代化難題，以控訴文明之惡的聲嘶力竭，揭發生活細節如崔舜華，俱有與楊瀅靜相近之處。

自我經營的程度，劃分了上述兩類詩人。楊瀅靜同樣經營粉絲專頁，

但僅有追隨者一千餘人，幾乎只發表創作，除了近日呼籲讀者正視同婚公投議題外，不刻意靠近時事，不寫高度政治正確的詩歌，不刻意經營網路聲量，沒有擔當跨議題意見領袖的傾向：

> 沉默並不代表沒有話想說
> 像黑暗的天空有太多閃爍的光點
> 如果那一刻我墜落
> 光的窮途不過就是
> 一顆黯淡的石頭

——〈瓶頸〉

讀詩專頁的推薦與演算法擴散固然有所加分，不過不能忽視楊澄靜風格的完備，才是獲得高度注意的主要原因。《很愛但不能》有「賦予狀態的衝動」和「霧狀的覺察」兩個特色，如果定居式的規律生活，正努力去個人化的馴化詩人為社會運作的一枚小螺絲釘，那麼心智敏感的楊澄靜，其尋找自我便由重新辨識、確認萬物開始。

「他走進抽屜變成過去／從此藏身在一張泛黃的舊照／一封積灰的信裡」（〈上鎖的抽屜〉）楊澄靜反覆在追尋中建立一對一的情感聯繫關係，很容易召喚讀者共鳴，以「泛黃」、「積灰」等性質轉換「他」的性質，深化「過去」，是其拿手好戲。「她還是善良／但她的白／已不是雲／是鹽巴」（〈善良的代價〉）如出一轍，「她的白」原先是外貌的形容，最後僅是失水的鹽巴。

除了善於為意象尋找連結與狀態，覺察事物的方式也相當特別。《對號入座》的語言活潑，運動能力突出；《很愛但不能》則彷彿霧氣入侵城市，霧氣的手籠罩一切、辨認一切，詩歌所敘述的一切就此成為霧景。「比雨淡一點／比雲濃一點／一種微微濕潤的纏綿」（〈霧〉），感受式的文字可以延伸到「妳愛過的人／曾經這麼聚攏／最後也這麼散逸」的人生體

悟，亦可以是「躲在裡面窺看裡面風景／風景裡面躲著貓和玻璃／踩過玻璃貓便消失不見」的暗藏傷痕。

「只怕山洞最終是你所建／等待我通過／再好好密封」（〈無光的所在〉）楊澄靜的對象大多為泛稱，不過首句定調，次句以後補充和延伸的筆法，不斷發現事物的更多性質，往往能牽引跟隨的目光。這霧氣籠罩的小範圍，是節制語言節奏和意象揀選後，扣緊主題和情調的穿透力：

> 晾衣服時沒有風
> 身體排隊在繩索上
> 一動也不動
> 我驚懼死亡的意象
> 無所不在地在
> 日常生活之中被懸掛
>
> ——〈被雨趕上〉

補充與翻轉是《很愛但不能》維繫詩意的筆法，楊澄靜熱衷地重新命名、消解、轉化物件性質，不乏困難與疑惑：「我不知道為什麼被傷害／陌生人常常令我困惑／但我還是反省／發現錯誤無中生有」（〈困獸〉）。「發現」帶來的挫敗，卻沒有使詩人在懸吊的處境、無中生有的錯誤和傷害裡放棄寫作與「愛」。

從「狀態之卷」走到「時間之卷」，從個體走向永恆，詩人是發達資本主義時代垂釣月亮的人。縱然「很愛但不能」，其行為即意義。

【洪崇德，淡江大學中文系碩士，微光現代詩社創社社長】

「我不熱的亮」
讀楊瀅靜《很愛但不能》

張立群

楊瀅靜詩集《很愛但不能》，或像初春清晨的霧靄還帶有一絲寒意，或像晚秋黃昏的斜陽即將收起最後一抹餘暉，詩人將自己的狀態、經歷和對於自然、城市以及時間的體驗寫入詩中，沒有過多涉及外部環境的變化，她忠於自己的內心，並以此表達自己的詩歌態度、寫作方式以及來自心靈深處的種種感悟。

一、色調與一些語詞

翻閱《很愛但不能》，會感受到詩人為作品賦予的憂鬱的色調。一些出現頻率較高的語詞，如雨、霧、星光還有黑白相間的顏色，雖沒有直接訴說內心的世界，但結合籠罩於詩行中的意緒，還是可以感覺到詩人的心境。通過那些往往是只可意會、不可言傳的敘述，我們可以領略楊瀅靜持續抵達的狀態。是〈陰暗面〉中「比較脆弱的那人／像陰天／風一煽動／就下雨」；是〈世故〉中的「雨」環繞周際，「到處都是這種角色」；還有〈在霧中〉與〈霧〉中的「霧」，「非常朦朧」，但到最後都要「散逸」。也許，一切都是無意識的，但楊瀅靜內心肯定裝有「形而上的哀愁／形而下的窗」（〈失去的樂土〉）。她喜歡寫一種「我不熱的亮」，猶如暗夜裡的冷火（〈螢〉）。她在〈煙花〉中說「晚景淒涼／人群卻都因此而快樂了」，其實已通過博人一笑的結局道出了自己內心的憂鬱。詩人渴望通過詩完成某

種心靈上的交流，但交流肯定需要理解甚至是遇到知音，為此，她在通往「心靈相遇」的路上又選擇了一些封閉的意象或曰「仲介物」：房間、窗、陽臺……那裡有「灰色水泥地」（〈來我的陽臺〉），那裡有「我」的詩意想像：「我幻想但卻／感到無端的悲傷並且／在暗無天日的房間裡／不能呼吸／彷彿自己正在／承載一整個宇宙的憂鬱」（〈光合作用〉）。像芸芸眾生一樣，楊澄靜肯定承載過許多來自外部環境和靈魂內部的壓力，但她有些自我封閉的「狀態」最終使這些壓力都歸於了心靈的感知，而其經過心靈視鏡過濾、選擇並融入文字之後，也就為其詩行帶來了「浮世的哀愁」。

　　有些散漫而不消極，有些傷感而不頹廢，楊澄靜的詩寫出了自我對於世界的體驗，並以此為自己的詩賦予了灰冷的色調。鑒於她總是通過心靈觀照周圍的環境並迴避了透澈的明亮，所以其詩常常會呈現出一種「圍困」或是一種「限制」：或是有關「我／你」的故事，或是「對比式的二元結構」，或是一種帶有結局的過程，但一般不是敞開的結構或是宏大的格局。在上述過程中，詩人一面訴說體驗，一面帶有質詢、渴求聆聽。「如何將我眼中所看到的風景／忠實地傳達於你」，〈無光的所在〉中這兩行詩揭示了詩人心底的「祕密」：既然「無光」，就很難穿越黑暗的迷霧，就很難擺脫陰暗的束縛——如臨深淵或是乾脆置身其中——「如果我退卻／至千里草原／請別再給我一口井／別提醒那是來自／我內心深深的哀鳴／迴避與靠近都不過是／內心的獨舞／投井的步驟／必須先挖掘自己／深陷於泥」（〈水淵〉）。楊澄靜的詩有遲暮者般的感傷，有天生為詩人的憂鬱。她的詩和她的內心一樣濕潤而柔軟，以致讓人讀來可以喚起久違的感動與心弦的震顫！

二、擬人前後與「我」的融入

　　之所以用「擬人前後」為題，是因為楊澄靜對於擬人的使用一直有自

己的看法。「我眼裡的景物，最終都擬人了，我就住在那些文字裡面。我的世界裡養出參天的大樹，那垂下的鬍鬚是滄桑，在樹葉縫隙裡灑下的光熱，必然伴隨陰影的暗。」作者寫於「自然之卷」前的這段話，可視為她對待自然之物入詩時慣常的手法。不過，如果通讀《很愛但不能》，擬人手法似乎並不僅僅侷限於此，相反地，在其他數卷的詩如〈煙花〉、〈渴〉、〈以傷止傷〉等作品中，擬人是隨處可見的。作為一種修辭，擬人就是把事物人格化，進而生動形象地表達出作者的情感。這種堪稱普遍的邏輯當然適合楊瀅靜的詩，但與此同時，我們必須看到的是：因為詩人要由內向外表達自己、渴望擁有傾訴的對象，在此前提下，還有什麼將具體指向之物都人格化更能實現聆聽的效果呢？

為此，我們有必要注意楊瀅靜詩中「你」的使用：如〈水淵〉中的「你深不可測」；如〈追日〉中的「走在你的身後」；如〈泥土〉中的「你開花了」……。將具體事物轉化為「你」之後，「你」和真正第二人稱意義上的你產生了同化的效果：一切都可以是「你」，一切皆源於「你」，「當你來到我的詩裡乘涼，決定在他人的悲傷裡安居，在我為數不多的快樂裡徜徉，我其實願意成為你人生路途中短暫的暴雨，以及熱烈傲嬌的陽。」（「自然之卷」的「卷前語」）「你」承載著作者的詩歌想像，是我坦露心扉、吟唱心曲的一面鏡子。

如果說以上所述已表達了楊瀅靜為何偏愛擬人手法，那麼，在具體運用擬人的過程中，我們還要看到她在將事物人格化的同時，如何將「我」融入詩中的方式及藝術效果。這位似乎有些「弱力」的主角，從未掩飾自己的感受和情緒的波瀾。在將「你」帶入詩歌之後，「我」也逐漸伸展了自己蜷曲的身體——

你很夏天

我很冬

在你的世界

穿上大衣只是為了掩飾

逐漸融化的我

如此顫抖不已

——〈炎夏〉

我是你的樹

我是你的風

——〈風言風語〉

　　與對「你」的擬人相比，「我」自覺地被「擬物」是楊澄靜相應的舉措：
詩人期待詩中的「我們」能夠處於一個平等的位置上對話、交流，是以在
她的詩中出現了某種特殊的「對應性」。也許，楊澄靜在詩中表現出來的
與生俱來的憂鬱，真的在某些時刻源於某種圍困，而在圍困狀態中的她常
常沉迷其中、難以自拔，最終產生了自我虛幻。從某種意義上說，詩人的
這種狀態使她的詩都可以理解為一種狀態、一次主觀的感悟，正如她在
「狀態之卷」的卷前語中認為「我」本來是可以穿石的「水」，但「石也是
我」，水是「那麼柔軟易傷」，而「石」雖為「我所幻化」，卻「繼續被他人
所傷，內部水源無窮，石頭最終被自己湧出的水量滲透破解，那不是任何
人的錯，是我自己的脆弱所致。」

　　詩人所言的「水」與「石」的關係。在很大程度上可以理解為她的詩歌
何以如此的原因：她將詩歌和自己融合在一起，而其中又至少包含了兩種
相反的狀態，水就是石，石中有水，她的詩歌敘述有石般堅硬、冷漠，而
她的詩質猶如她的內心如水般柔軟，石可以為水所解，使其作品隱含著近
乎是現代性的隱憂。她的詩因敏感而安靜、急切而抑鬱，從而將事物的人

格化和「我」之擬物推至二律背反的狀態，並在「你／我」碰撞的過程中滋生了詩歌的多義性和複雜性。

三、「自傳」與當下的生活狀態

從「身世之卷」開始，楊瀅靜的寫作開始通過對身世的探尋而進入了「自傳」的階段。閱讀「身世之卷」的卷前語可知：詩人對於身世的書寫帶有很大程度的反思色彩，因為畏懼進而拒絕接觸，「你連嘗試一下都不敢，就讓這段關係葬送在想像裡。所以編造各種身世，讓他們試了又試，代替所有你不敢妄想的人事」。和「圍困」之感、交流之渴望一脈相承，詩裡的楊瀅靜有很強的「封閉意識」，很容易讓人聯想到詩外的她也可能如此。她更多是將所思所想的過程與結果置於寫作之中，寫作中的她有各式各樣的奇思妙想，而生活中的她極有可能是沉靜安詳、少言寡語的。如果這樣的判斷在某種程度上是成立的，那麼，我們可以斷言：楊瀅靜的詩幾乎都可以視為是她的精神自傳，她也正是通過這種「自傳」的書寫，講述了關於她自己的詩意人生。

當然，就寫作本身而言，楊瀅靜是講求變化的。「身世之卷」中的作品有十分明確的愛情主題，且其具體敘述的句子也開始加長。「詞語衍生詞語／意義生殖意義／慢慢飽滿出一整本走樣的／詮釋自己的詮釋作品」（〈文字學家〉），一個人成為另一個異性的「文字學家」之後，似乎有更多的話和關於語言的苛求。穿插自己的經歷，詩人在講述「越界」行為時貫穿著過去與現實：「當舊日時光被打上地基的那天／聽說即將變成門口放置聖誕樹的商業大樓／地下室是廣闊的商場，我會去逛的那種販賣少女服裝或首飾髮夾的地方／我開始明白現實的分界線是在改變／出現什麼就會有什麼消失了／懷念小時候跳橡皮筋繩的生活／我總是能輕易飛躍，那時／界限還是簡單的事，我自由來去／保持瀟灑姿態睥睨一切／而現在，生

活中隨隨便便一個越界／就好容易使我舉步維艱」（〈越界〉）。和〈上鎖的抽屜〉、〈測字之人〉等作品一樣，詩人以詩的方式詳細地記錄著「記憶之書」，儘管詩歌的文體原因會使這些紀錄常常呈現為跳躍式的、片斷式的特點，但其關於生平經歷的敘述還是會讓人讀出這是關於詩人自己的「生命之書」。

　　正如上述〈越界〉詩句中表達的那樣，生命和經歷既是一個過程，也是一次改變。關於它的紀錄隱含著時間的奧祕並始終離不開「當下的生活視點」。或許正因為如此，楊瀅靜在〈很愛但不能〉中才會有「城市之卷」和「時間之卷」。寫過〈模特兒〉、〈咖啡癮〉，也寫過〈公寓生活〉、〈城市天氣播報〉，楊瀅靜將當下生活狀態和都市萬千景象一一記錄在詩中，這裡以變化為主線，如〈租約到期之後〉中「搬家那天」的風景一樣，是生命的進行式；如〈咖啡癮〉中的「判讀今天／你懷抱著怎樣的心情／穿梭在何種行程裡」，是以今天為起點的將來式。透過這樣的詩句，楊瀅靜向人們展示了其寫作的另一面：日常化、多面性，都為其「憂鬱」的格調點綴上了豐富的內容。

四、簡單而深刻的體驗

　　當讀到《很愛但不能》中的「時間之卷」時，筆者覺得楊瀅靜的詩已經進入到一個思考的層面。聯繫之前幾卷的作品，楊瀅靜以此作結其實並不讓人感到意外。正如一個優秀的詩人總會在其感性、形象的書寫中融入理性的思考，往往可以作為另一類哲學家那樣，楊瀅靜很早就以詩的形式解剖著〈偽善〉；對於「善良的代價」，她也有獨特的體悟：「愛過好人就變白／愛上壞人就轉暗／她的眼底曾流出海洋……她還是善良／但她的白／已不是雲／是鹽巴」；而對於「圍困」的「自省」，她更是寫出了冷漠的〈困獸〉，儘管總體上格局不大，也沒有奇特的意象，但楊瀅靜還是冷靜、真

誠地寫出了自己的內心感受。

這是詩人寫給自己的歌，融入其或是稍縱即逝、或是思忖良久的體驗，它們簡單而不失深刻，顯示了較為明顯地、持續地向內在縱深發展的趨勢。「時間被困在沙漏裡出不去，直到耗盡了又可以重新開始，必須數著日子才能過下去，有些人認知的時間是這樣辛苦的東西。但時間其實不等於沙漏，沙漏無法拘禁時間。」出自「時間之卷」之「卷前語」的敘述，已充分證明了詩人認知的深度和辯證性：雖然仍有些悲觀，但卻符合關於時間玄想的體驗。時間是每個人都需要不斷永恆思考的問題，容易將思考者本人帶入一種意境，而這種「帶入」不僅影響到了楊瀅靜的生活和寫作，而且也適合她的生活和寫作。

行文至此，其實不難發現：《很愛但不能》是一本很特殊的詩集。它的五卷各有自己的主題，並相互交融；每卷前的「卷前語」是本卷的「另一種說明」，其形式可作為一首散文詩與詩集的主體相互補充、相互映襯。《很愛但不能》獨具匠心的結構安排和具體的寫作特點，在很大程度上反映了詩人楊瀅靜的與眾不同：如一位在微雨中的抒情詩人，她吟唱著憂鬱的歌。由此回到詩集的題目「很愛但不能」，她似乎一直有很多需要表達，但又由於種種原因欲言又止。在猶豫和思考中，她在詩中勾勒出一幅幅冷色調的風景──那裡每一筆、每一點都有所不同，而這或許正在告訴我們：簡單與多義、單純與豐富、封閉與感知，在楊瀅靜詩中呈現的彼此相對的意義，其實包蘊著通往有限和無限的多種可能，至於其寫作散發出來的氣質，也會因此令人在讀後印象深刻、難以忘懷。

【張立群，遼寧大學文學院教授】

非關引渡
讀朱國珍〈慾望道場〉

劉依潔

翻開櫻紅色書封，閱讀幾頁……死了一個女主播，女檢察官開始查案，一干關係人逐一出現發言。腦中不禁浮起幾幕日劇場景，再讀下去，字裡行間分析、解謎的成分不重，撲朔迷離的氛圍也不明顯，應非類型小說。而在檢察官的部分，辦案的檢察官我們很熟，遠一點的有《HERO》久利生公平，他回回至案件現場，遍訪相關者，發掘細微卻關鍵的蛛絲馬跡和證言，為被害者發聲。劍及履及的作風，喚起同仁執法的初心，地檢署風氣為之一變；近一點的則有《正義之凜》竹村凜凜子，一位情感豐沛的職場新人，時需克制強烈的同理心，與案件關係者保持距離以維公正，她心勤腳勤，查探案發現場和關係人不遺餘力，同仁從旁觀到支援，真相每每水落石出。兩位檢座的形象鮮明動人，具有強大的能量與感染力。那麼，〈慾望道場〉裡的這名女檢有何能耐？

一

　　這名女檢沒有姓名，作者在文中自始至終以「檢座」或「女檢察官」來

稱呼。單就這個設定，已經和經驗中既定模式裡的檢察官不同。日文裡，
「久利生公平」、「竹村凜凜子」兩位檢座之名蘊藏意義：前者「公平」即是
公正不偏袒之義，後者「凜凜子」帶有威風凜凜的意涵，角色命名時已賦
予性格，使命與生俱來；而〈慾望道場〉裡的女檢乃以「職稱」出場，此一
職稱所含括的概念、代表的符號，雖囿於個人理解各有不同，但「正義、
公理、客觀、無私」等一類攸關職業本身較為冷硬、堅強的意涵實應包括
在內，作者直以「檢察官」、「檢座」取代姓名，或有強調該角色專業能力，
引導讀者朝這方面想像的意圖。

　　除了「無名」，女檢在小說初期近乎「無臉」：作者起初對於女檢外型、
好惡等個人特質的描寫是簡單貧乏的，加上相關描述多出現在全文篇幅的
五分之一以後，因此故事進展之時，女檢樣貌朦朧單薄，彷彿「無臉」。
女檢座的「無名」、「無臉」，讓讀者對於女檢的想像僅能憑恃「檢察官」
此一符號和文中疏簡的敘述，投入的情感不免受限，也較難產生認同。

　　進一步來看，這位女檢察官看似具體，然實際模糊，是為一隱微未定
的想像，所以當故事進展到五分之一處，女檢的「粉紅色蕾絲花邊連身小
洋裝」引發流行風潮的情節露出，以及在二分之一處，女檢個人資訊突然
湧現：「『美豔高挑女檢察官，天生麗質超能第六感』記者說：女檢察官的
美麗是天生的，從童年到成年的兩張照片比對，充分驗證女檢察官沒有到
韓國去美容……據說女檢察官的八字較輕……」之時，不免產生格格不入
的錯愕突兀之感。這股突兀感來自於女檢形象重設之後所衍生的調整和辨
證；作者初時並未給予足夠的資訊，所給予的資訊又較偏重「職業」，對
於形貌、性格部分的敘述較少，想像之時，自然側重「檢察官」此一符號
的概念、專業特質，以及字裡行間透露出來瑣細零散的訊息，揣度、綜合
而成一個古舊、老派、不重穿著的（智障型手機、退流行的娃娃裝）公職
人員的形象想像。因此女檢以浪漫粉紅柔美的樣貌出現時，原先設定的形

象想像隨即被打散消退，並根據逐步露出的新信息重新設定。

　　此一形象的數度更新轉換，展現了作者的多重意圖：一是挑戰且擴展了此一職業的想像和設定。「粉紅色蕾絲花邊連身小洋裝」乃甜美浪漫細緻的情調，既非久利生公平的磚橘色的羽絨外套，具有禦寒功能，保暖著久利生四處查訪線索、伸張公義，成為公理正義的象徵，也非竹村凜凜子襯衫、西裝外套與長裙的裝扮，展現專業、俐落的形象，而是著重於美麗，實與功能、專業無關。該服飾風格的設定打破固有職業的框架，賦予此一職業新的內涵概念；二是彰顯媒體的造神歷程以及群眾的盲從現象。當媒體因該女檢座承辦奇情案件，將報導內容從命案擴展至女檢本身，關注成長歷程、外貌、服飾打扮，將其打造為引領風潮的人物，甚至討論女檢的八字命理，為其加添靈異體質，營造彷若神探再世的氛圍，這種做法顯然已經背離新聞本質，缺乏媒體的操守與尊嚴。加上蕾絲娃娃裝引發流行風潮一事突如其來，前後文沒有鋪陳，缺乏說服力，作者此般描述手法和情節安排，正講述媒體製造新聞、「造神」活動的歷程，以及群眾盲從的現象；三是再度省察。然弔詭的是，重新設定女檢形貌特質的資訊來自於新聞媒體，但媒體的可信度常受質疑，因此能否依此重設？顯然又成為另一個值得省察、辨證的問題。

　　綜上所述，作者形塑的「無名」女檢，隨故事發展從「無臉」好似逐步「有臉」：可能是走復古風格的認真專業人士，可能是美麗高挑具有靈感體質的時尚教主，可能是各式各樣，讀者自行想像衍生出來的形貌。然而，經過幾番重設和辨證後，女檢的特質、形貌仍舊模糊約略，並不明確；小說裡，她不像久生利生公平光彩照人、救世主般的存在，也並非竹村凜凜子激發熱情、熱血的角色，而更像是一位串場人，一位尋常平凡、冷靜旁觀，不影響故事發展的串場人。作者透過她呈現案件，透過她查案、問話的過程，展示一樁樁黨政軍內幕、社會的失序荒謬，以及文化浮淺、道德

沉淪等情狀，同時也透過女檢從無臉到長臉的歷程，展露媒體失格、失序的現象。

二

　　若說無名無臉的女檢座是為小說裡的串場人，作者透過此人引領讀者覺察、正視時代共業，那麼電視台主播則反映時代裡的每一個人直接、間接引致了共業，是為須受正視、反省的對象。

　　作者同樣從「姓名」著手，展現犀利深刻的批判手法。相對於女檢，小說中其他各富特色的命案關係人皆有姓有名，例如電視台的所有人物，他們幾乎都有姓名，其中最惹眼的莫過於當家主播「禮義廉」和「林瑩潾」。有意思的是，兩人的姓名都和「無恥」有關，前者清楚直接，後者委婉隱晦。「禮義廉」意同「無恥」，自不待言，該名以英文拼音是為 Li Yi Lian，可簡寫為 LYL。巧合的是，「林瑩潾」一名的英文拼音為 Lin Ying Lin，簡寫後也為 LYL，同樣具有無恥的意涵；兩位當家或顯或隱地宣告自身「無恥」：於私，點明個人品德堪慮；於公，表明播報處理的新聞有疑義，如此安排可見作者強烈的嘲諷之意。

　　「禮義廉」，此一直白的姓名，讓人先入為主的對男主播產生「無恥」的印象，進而在小說裡搜尋、檢驗是否與印象相符。然因「禮義廉」的特質和形象建立在該人物的自述上，「無恥」與否僅能依他對自身言行舉止的說法來判定，較為單一片面，無法衡量。即便如此，讀者仍可在檢驗過程中，察知自己對「無恥」的概念，從而探測、辨明自身的道德底線；其間的游移、評估和調整，顯現出「無恥」此一符號概念的灰色地帶。讀者對「禮義廉」無恥與否的判定說明了個人道德標準、底線的高低有別，即便標準、底線可能灰濛不清，不如名字所昭示的明確，卻也直接照見了自身品級，進而以此作為言行準則關聯周遭，影響著時代社會。

女主播「林瑩瀅」則不同，她從姓名開始即展現間接隱微的特色：首先是姓名具有「無恥」的涵義，需要細探，不易察覺；再者，她的形象和特質全來自於關係人的眼中口中。大部分來自於同業競爭者，陳述的幾乎是負面形象，小部分來自於有情之人，讚賞能幹和美麗。兩方均是選擇性的表述，間接呈現了「林瑩瀅」或雲或泥的面貌。

無論這些形貌、特質的評價是否為新聞同業的惡意攻擊，抑或親愛之人寬待的讚美，命案死者已無法為自己辯駁發聲，只能任憑他人詮說，對讀者而言，話語的真實虛假、行為無恥與否無從判別。不過，由於作者筆端流露媒體荒謬不足以倚靠信賴的氣息，實為電視台裡所有關係人的說辭預設不可輕信的前提。因此，設想林瑩瀅的形貌特質時，應偏向美好正面一些。然而如此設定便有違姓名「無恥」的暗示，其間存在了衝突矛盾。那麼，不禁要問，林瑩瀅究竟有無可恥之處？作者朱國珍如此安排的目的何在？

三

朱國珍有其宏大的意圖，她將重大案件和社會文化現象、媒體狀態等，統統涵攝入文批判討論。〈慾望道場〉一文雖從發現遺體，審問「第一號嫌疑犯」開始，但辦案、追索犯人並非經營的重點。她從自身熟悉的電視台內部寫起，把敘述、批判的主軸由媒體擴展延伸至各行各業，並且涵蓋上流階級、底層社會，讓各領域、各層級的人士，諸如：美食家、計程車司機、整型醫師、電視台高層、國防部官員、藝術家、軍人、攝影師等人輪番上台，表露對女主播的看法，也表露個人心聲；同時還將近年來的政治社會新聞、影劇娛樂消息、民生消費和時尚趨勢、公眾人物的八卦流言等，曾被媒體大肆渲染、受到各界矚目的新聞報導加以改編一一置入，似曾相識之餘，此中之人甚至呼之欲出，幾可對號入座。

因此，當女主播身亡，命案關係人陸續出面，或急於撇清、或全盤否認、或避重就輕，且幾乎毫無猶豫地揭露隱私，罔顧昔日互惠和情誼時，這些環繞於林瑩溓周圍，上達黨政高層、下至勞動階級的複雜龐大人際網絡便一同暴露了自點而線而面全體戮力無恥的面貌。諷刺的是，最終真相浮出，女主播並非死於外力，而是自身的腦瘤內爆，無疑越發顯露競相攻訐貶抑林瑩溓的一干人物醜陋無恥的情狀。從這個觀點來看，「無恥」的不是林瑩溓，而是林瑩溓周遭間接映照而出的芸芸眾生，是這個時代裡自個人到組織、社會以至家國的群體。

　　回顧整樁女主播命案，當一則社會新聞演變為娛樂消費新聞時，突顯出媒體與閱聽人之間的關係實已落入病態迴環，沉痾難癒的境地；閱聽人的素質低落，導致媒體投其所好，捨棄無冕王的操守和尊嚴；也因為媒體失格，一味追求閱聽率和收益，養出一群品級庸俗低劣的閱聽人，相互影響，一同沉淪。在這個對於光怪陸離現象不以為奇，對社會文化墮落習以為常的年代，作者不無同情的為林瑩溓下了註解：「她像上帝最寵愛的天使路西法，那麼美好，那麼讓人羨慕。是這個環境，是我們……讓她墮落成為撒旦。」人人隨波逐流無從上岸，成為共業的一部分。

　　〈慾望道場〉中，朱國珍展示了欲望湧動，人人向外追求的浮華塵世。欲望難以節制，心靈與外物之間無能平衡，無恥相對而非絕對，沒有人有資格評斷他人無恥。故事尾聲，女主播事件落幕，女檢任務結束隨即承接他案，窗外的晚霞預示夜晚再度降臨。長夜寂寂，暗黑無邊，作者終究未指引方向，遠方並未透出曙光。慾望無盡，紅塵無情，試煉與修行層層重重，世間一座座修煉道場，素樸或華麗，靜冷且鬧騰，誰也引渡不了誰的靈魂。

【劉依潔，淡江大學中文系助理教授】

娛樂至上，道德潰敗

讀朱國珍〈慾望道場〉、〈新聞電影〉
和〈死有輕於鴻毛〉

李玲

朱國珍小說集《慾望道場》是台灣都市生活的精彩寫照，作者曾擔任
新聞記者，描繪都市生活眾生百態，逼真生動，令人印象深刻。

全書中〈慾望道場〉、〈新聞電影〉和〈死有輕於鴻毛〉三篇均涉及新
聞／新聞人與死亡（命案）。〈慾望道場〉以命案為主題，描繪檢調約談命
案關係人的過程，通篇卻無緊張嚴肅的氛圍，命案的調查好似檢調、偵查
隊長、證人和嫌疑人討喜的演出，將死者與眾多男人的淫亂生活攤開，使
得命案的調查成了眾人圍觀的娛樂劇。無良媒體炮製虛假死因以創收視
率，在客觀上造成了轉移視線、罔顧真相的添亂。命案的真凶標題「慾望
道場」，諷刺意味濃厚，死者及其關係人，談不上什麼修行學道，幾乎人
人縱情慾望、是非善惡拋之腦後，只剩下媒體人的信譽失守和道德潰敗。

〈新聞電影〉，在標題中就把新聞（真實、嚴肅）和電影（虛構、娛樂）
性質不同兩類的合併歸為一類，暗含著對當今台灣社會以虛構和娛樂為
能事的批判。兩部單篇放在一起，揭露出台灣當下「娛樂至死」的文化精

神。〈死有輕於鴻毛〉敘述一個傳媒人的三生三世，由獨善其身到厭世流浪，到改頭換面（整形）返回媒體圈成為造假、製作血腥刺激新聞的弄潮兒，最終退隱皈依宗教而亡，揭示媒體的假大空和媒體人的無恥無良。小說的標題「死有輕於鴻毛」，也可闡釋成〈慾望道場〉的女主播林瑩漾之死毫無價值。

一

〈慾望道場〉情節不拖泥帶水，開篇特寫女屍「潔白的胴體」的字裡行間，充斥著視覺慾望，把讀者帶入偵查桃色事件的情境中。外表美豔而有政治背景的女主播的死亡真相的偵查過程，平鋪直敘，幾乎沒有懸念、沒有波折，簡單明快。女主播生前囂張跋扈，追名逐利，喜歡賣弄，仗著硬後台工作怠慢，製造假新聞，私德亦極差，大搞婚外情，性伴侶廣泛。她的死亡，似乎無人不捨、無人哀傷。死因的追查只是小說的一個引子（由頭），生發開來的是對新聞圈男男女女公私生活的大膽描繪。

1、檢警

命案的偵查伊始，檢調和偵查隊長就顯現出欠缺專業的主觀自私的行為，他們偵破案件實在令人不安、不放心。女檢察官的出場，一身粉紅洋裝，打扮嬌麗，可與新聞主播鬥豔，也吸引了媒體和公眾的目光。拿著老舊手機接電話，嘴巴裡蹦出「窮光蛋」、「掃把星」、找「小鮮肉」聊聊、「我會養小鬼把你們公司的底細全部抓出來」這些咒罵的話語，活像市井巷弄的悍婦，雖然她解釋這麼說是體諒電話業務員通話，講滿一分鐘才有業績的辛苦，好意（哀矜社會新鮮人）來做拒絕電話推銷的回應。然而，在勘

察命案的現場，從她的這些話語所顯示出來她的趣味和修養，足夠令人疑慮她的專業度和客觀公正度，她辦案可靠嗎？

女檢察官約談死者丈夫，因為對方是白臉男子，女檢察官竟然直接叫他為「白先生」，遭到律師抗議：「我方當事人並不姓白！」她也不理會。她這麼主觀臆斷，與客觀科學的辦案精神不符，能查出真相嗎？

偵查隊長一出場，就指出「一雙炯炯發亮的眼睛似乎說明他性格中的正義感，但是在處理林主播命案的態度上，他卻顯得過度顢頇。」他先是替前立法院長關說，希望案子能淡化處理，把案子引向死者是路遇變態狂被殺害的。接著他私心希望與自己交情很好的新聞主播禮義廉沒有涉案，引導檢調的焦點從採集 DNA，轉到死者的汽車和手機通聯紀錄的調查上。總之，他幾次試圖將檢調的視線引偏，讓命案大事化小。如此徇私情、袒護朋友的行為，員警的職業操守何在？

2、嫌疑人

擔當正義、追查真相的檢調趣味低俗、專業修養不足，基層員警徇私袒護嫌疑人，令人不禁擔心他們誤事，死亡真相被掩沒。然而，破案的過程不曲折、幾乎不費氣力就進展順利，真相水落石出，這要歸因於幾個命案嫌疑人「不怕醜」的知無不言、言無不盡，而他們幾乎都是新聞人。

凶案嫌疑人中的女性，電視台兩位女主播，是死者的同事，她們雖沒有表露出「仇者快」的幸災樂禍，但是檢調約談的時候幾乎把死者批評得一無是處，年紀大一些的主播蔡淑嬌雖對死者頗有微詞，但偶而還夾帶一兩句不痛不癢的肯定，年輕的網紅主播葉可云則一股腦兒宣洩對死者的不滿，滔滔不絕地抖露死者混亂的男女關係，還不時飆髒話「賤人」、「幹你

娘」。通過這兩人的談話，大致可描摹出電視台就是名利場，主播之間沒有姐妹情誼，死者博取了上位，占據太多的資源，她的行事作風、人品個性均非良善，她死了，退出名利場，似乎給同行騰出了空間，新聞界少了汙垢，還回一分清明。

在與死者有關係的男人中，同事有攝影記者和主播禮義廉，這兩人的談話，都毫不掩飾與死者的性關係，把這個「隨時可上床的女人」當做釋放壓力的「氧氣」，不介意死者濫交其他男人，有印證前面關係人（葉可云、盧耀文）所言的意味。死者所在單位電視台第一個出場的男子白經理，也與死者有性關係並不奇怪，他眼見死者病倒，不施救卻溜之大吉，還在檢調面前說謊、故布疑陣，沒有悔疚之心，亦無哀傷之意，實在冷漠自私。

以上人物，原本都是高材生，還有海外留學的經歷，從業新聞也極風光，作為社會的菁英，他們唯利是圖、自私冷漠、內心陰暗。作者直面新聞人的整體道德潰敗，大膽揭示他們的醜惡面孔。

二

〈新聞電影〉猶如新聞的案例教學，擇選三則「開麥拉」案例來批評新聞電影的錯亂和荒謬。前兩則寫得比較明朗清晰。第一則「開麥拉」最令人印象深刻，播報者是檳榔攤的攤主，這一個驚駭可怕事件的目擊者，向記者講述一個全身著火被追殺的人，他在街頭逃命，而眾人以為這是在拍電影而見死不救。小說揭示的是民眾的意識形態——娛樂思維慣性，虛實不分，兄弟爭產殘殺血淋淋的場面，被民眾當做是「假戲的表演」，把眼前活生生的悲慘痛苦的現實當做虛構，充當冷漠的看客，事不關己，沒有良知、同情心、正義感。魯迅痛心的看客文化，在台灣延續，面對突發事

件，民間社會如此被動、自私、冷漠。民眾娛樂成癮，無可救藥；第二則「開麥拉」，展現的是電視台深度的報導節目「目擊熱線」主播找臨演、失蹤人口找酒家小姐扮演，以拍電影的方式「做新聞」。所謂社會深度報導其實是虛構和娛樂，電視台不擇手段博取眼球搶收視率，觀眾被愚弄而不自知。

三

　　〈慾望道場〉和〈新聞電影〉的故事情節有真實素材做加工改造的痕跡，〈死有輕於鴻毛〉這篇小說較具想像力，寫一個媒體菁英的三生三世。青年才俊小李子，滿懷理想和抱負投身媒體工作，以出色的表現升為電視台新聞部總編，因保守良知不願同流合汙而選擇離職教書，然而他獨善其身的隱退，並沒有得到清靜和安寧，種種嫌棄、詆毀排山倒海而來，導致家破人亡，消極厭世，四處流浪。他反省：窮則獨善其身，是死路一條，媚俗、同流合汙，是康莊大道，既然活著沒有意義、沒有價值，何不起身反抗、以惡制惡，重返媒體，變成自己討厭的人，讓自己憎恨的東西毀掉自己。於是，他整形之後，變身為馬主播，以播報假大空、血腥刺激新聞為能事，生活放蕩不羈，惡貫滿盈，成為傳媒界的壞典型。最後，他皈依上帝，以教名保羅擁抱主耶穌，等待死亡。

　　這部小說具有反思價值：茫茫天地間，何處是有良知、有抱負的菁英容身之處？獨善其身的逃避，顯然笨拙而無力，詆毀的口水就足以淹死你，勢利社會把你淘汰出局；起身反抗、以牙還牙，偏要做自己憎惡的人，這幼稚、孩子氣的反抗，帶來風光一時，後果是傷害了社會、毀滅了自身，玉石俱焚。有良知、有抱負的菁英，同流合汙與獨善其身，兩難選

擇，無論選擇哪一條路，都被自己憎惡的東西傷害、毀掉。

　　三部單篇小說均描述媒體生態，題材豐富，主題鮮明，媒體人明瞭媒體事，帶有記者的風格和談話節目的痕跡，沒有太注重小說的技巧，把生活上瑣事、新聞報導的怪事、奇事整合融貫到小說情節中，題材生活化的痕跡明顯，故事沒有明顯的高潮和衝突，也不擅長製造懸念，給讀者造成疑團，來激發閱讀興致。

　　〈慾望道場〉赤裸死於巷弄的女主播的命案調查，兇手是誰？小說開篇似乎可以製造懸念：兇手是已經出國的男主播禮義廉嗎？是死者握有政治機密而被害嗎？可是，小說沒有把這兩個疑團當做懸念，從結局來看，似乎又解構懸念的意味。小說重點寫檢調約談眾多關係人，可是這些關係人跟禮義廉沒有交集，只有葉可云、盧耀文有談到禮義廉，在所有人物中，唯有偵查隊長才關心是否禮義廉作案。案件的結尾，女主播之死，無人負有直接責任，是自身暴病身亡，情人白經理因自私怯懦、棄病危的女主播而去，僅道義有虧。真相沒有出人意料，符合邏輯，女主播自掘墳墓、自投黃泉。媒體散播變態狂殺了女主播、外星人殺了女主播的假新聞，也沒有起到故布疑陣的效果，僅是題外（離題）話。作者還習慣在小說的結尾或者中間，跳出來旁白「解畫」，例如〈新聞電影〉結尾：「新聞電影教會我們什麼？……」。甚至在做「全知」敘述的時候，中途出來當旁白配音員，比如「網紅主播」說：「收視率是最後的審判……」、「命案發生獎金十二小時，地球不會因為消失一個人而停止運轉……」。這些旁白，顯露出作者忍不住現身評議的痕跡。

【李玲，嘉應學院文學院教授】

人生勝利組的文學心靈

讀崔曼莉《殺鴨記》

蘇敏逸

曾在 2008、2009 年間因職場小說《浮沉》（第一、二部）的暢銷熱賣而聲名鵲起的大陸「七〇後」小說家崔曼莉，在台灣出版第一本短篇小說集《殺鴨記》（台北：人間出版社，2017 年）。這本書收錄崔曼莉自 2002 年發表的處女作〈卡卡的信仰〉至 2016 年間的短篇小說，大致可看出崔曼莉十多年來短篇小說創作主要的三個面向。

從目錄上看，收於本書首篇的〈殺鴨記〉至〈求職遊戲〉等九篇小說，崔曼莉將目光投注在當下的中國社會，呈現現代社會中人孤獨隔膜的情感狀態與生命處境；〈做白〉至〈羽仙記〉等四篇，是崔曼莉自 2013 年起，為《大家》雜誌短篇小說專欄《雙文記》創作的系列文物小說的精選，這些短小的故事以具體的中國文物為創發根源，通過文物的觀賞品鑑、相關史料的閱讀考察，加之以想像虛構組織而成；最末篇〈熊貓〉則是 2016 年開啟的另一系列短篇小說，以貓為故事主軸，鋪寫故鄉南京的人事變遷與城市記憶，這篇小說頗有懷舊散文的情味，藉由「我」的家中所豢養的貓咪「熊貓」與小狗「豆豆」從到來至離去的過程，記錄成長歲月中的家族故事。

由於第二類作品篇幅短小，第三類作品只有一篇，尚未能窺見系列小說中南京城市記憶的全貌，因此本文將聚焦在第一類作品中，觀察作家對當代社會中，人類生命狀態的思考與態度。

一

中篇小說〈求職遊戲〉是最能夠與崔曼莉的工作經驗及其暢銷作品

《浮沉》相互連繫、對讀的作品。在《浮沉》的相關介紹中，媒體最常以「美女作家」、「科技 CEO」等稱號來稱呼崔曼莉。在作家的頭銜外，崔曼莉最被外界津津樂道的，是她從南京大學中文系畢業，經歷電視節目主持人、國營企業、外資企業到自行創業，擔任科技公司執行總裁的豐富的工作經驗。從這些經歷來看，崔曼莉可謂當下社會中的「人生勝利組」。

新世紀以來，中國大陸當代小說中湧現大量資本主義都市社會生活中，各式的「失敗者」、「邊緣人」、「零餘者」、「被逐者」、「自我放逐者」與「逃離者」的形象，例如方方〈涂自強的個人悲傷〉中的涂自強、石一楓〈世間已無陳金芳〉中的陳金芳、徐則臣〈啊，北京〉中的邊紅旗、計文君〈剔紅〉中的林小嫻、馬小淘〈章某某〉中的章某某、〈毛坯夫妻〉中的溫小暖、張悅然〈家〉中的裘洛和井宇、鄭小驢〈可悲的第一人稱〉中的小婁等等，他們或有意識地逃避、抵抗資本主義的遊戲規則與價值取向，或力爭上游卻屢戰屢敗，當然這裡所謂的「失敗」是以世俗主流且較為單一的社會價值觀為標準。相較之下，崔曼莉的《浮沉》因作家具體的商場實戰經驗，更偏重於展現資本主義名利場、競技場中意氣風發的、自信堅定的、積極進取的「人生勝利組」的眾生相。儘管《浮沉》呈現商場中浮沉起落、詭譎難測，讓人心驚膽戰的風險危機；職場中充滿競爭、算計與威脅利用，讓人難以防備的心機巧計，但由於作品整體展現蓬勃昂揚、充滿朝氣的生命精神，容易激發讀者向現實進軍的鬥志與熱情。小說中企業領導如何乘風、歐陽貴和陸帆等人當機立斷、運籌帷幄的冷靜沉穩與自信風采，女主人公基層白領喬莉的聰慧能幹與樂觀進取，企業團隊相互支援配合、並肩作戰的合作情感，以及如作家所言：「天行健，君子自強不息」，強調積極、堅強、樂觀、冷靜、理性，勇於面對問題和解決問題，不抱怨、不輕言放棄等性格品質，與小說中不時透過情節提點的職場生存法則

與成功學，都讓讀者大眾或嚮往、期許之，或因彌補現實的匱缺，或得以暫時忘卻現實的艱難苦悶而獲得某種程度的心理安慰與補償。

　　將此二種作品並列齊觀，也許並不十分恰當。畢竟由「失敗者」與「人生勝利組」兩種人物形象的差異，所輻射出來的問題意識與時代精神氛圍，可能代表傳統定義中的文學作品與暢銷網路小說之間的落差與斷裂，而其背後的創作思維與價值取向也是截然不同的：前者更為強調對資本主義意識型態、主流價值觀及其所造成的人類生存狀態的反思、批判或抵抗，並以此反省當代社會的現實問題與知識分子的精神困境；後者則承認資本主義的運作邏輯是難以抵禦和改變的時代潮流，而所謂的時代之子應勇敢向前迎戰，盡可能在無法改變現實的狀況下，保有人類可能的美好品質，並尋求個人自我價值的實現與擁有幸福的可能性。

　　但將此二種作品作為對照，卻可以用來觀察〈求職遊戲〉的創作思維。〈求職遊戲〉（2010）是一個「失敗者」在貴人的幫助下走向「人生勝利組」的現代都市傳奇。主人公張凱自大學化學系畢業，因好高騖遠又沒有定性，三天兩頭換工作，後來又沉迷網路遊戲，索性辭職在家靠同居女友養活自己。在一次激烈的爭吵中，張凱負氣離家出走，在打遊戲的網友介紹下，投靠廣告公司的創意總監鄧朝輝，又在鄧朝輝的指引、教導、操盤、謀劃下，從一個沒錢、沒工作、沒車、沒房，對現實充滿抱怨，只能在遊戲世界裡尋求安慰的「失敗者」，成為世界五百強公司裡的銷售業務員，並與女友結婚生子，買了二手房，幸運地走上平凡人的幸福之路。

　　小說完整地呈現張凱一步步走上成功之路的過程，而貴人鄧朝輝在出謀劃策之外，對張凱最重要的教導，除了「自強不息」的核心精神，便是腳踏實地、靈活變通、培養自信、懂得感恩等職場倫理與成功術，頗可與《浮沉》相互呼應。與許多勤奮上進卻屢遭打擊、命運多舛的「失敗者」故

事不同，張凱原本的「失敗」更多地要歸因於個人的性格問題，而非階級結構太過穩固、上升路徑已然阻絕等社會結構問題。由此可見，社會現實或階級結構的問題並非作者關注的重點，從《浮沉》到〈求職遊戲〉一脈相承的主軸是「獨立自強」的品格追求。

然而，小說也並非完全沒有涉及社會階級結構的問題。小說最有意思之處在於將現實比做網路遊戲。當張凱問鄧朝輝為何如此幫他時，鄧朝輝對張凱說：「我只是覺得這世界本是一場遊戲」，「你在虛擬世界中玩遊戲，我在現實世界中玩遊戲，本質上沒有區別。」但對張凱來說，現實遠比網路遊戲複雜難測：「網路世界雖然豐富，但很多規則都是事先規定好的，現實生活雖然也有規則，可是千變萬化。控制一個網絡遊戲當中的人，比和現實中的一個人打交道容易多了。」張凱曾在鄧朝輝為他指點前途時，看到鄧朝輝的表情「就像一個遊戲高手在玩一個簡單的遊戲。」他因此覺得「原來自己不過是他棋盤上的一顆棋子，他雖然收留了自己，但自己也確實提供給他一種玩樂的機會。」張凱還覺得鄧朝輝「自信與狂妄」，「奇怪地專注」的表情，「只在遊戲高手的臉上看到過，那些隨隨便便就可以打到最高級的人，他們都有這樣的表情。」由兩人的感受差異輻射出兩種不同社會階層的生命狀態，對張凱來說艱難而緊張的求職現實，對鄧朝輝來說只是「簡單的遊戲」，而「玩樂」這個字眼，更帶有「宰制」、「操控」、「擺弄」的意味：張凱只擁有宰制網路遊戲當中的人的能力，而鄧朝輝卻擁有操控現實中的人與遊戲規則的權力。

〈求職遊戲〉是一則現代都市「傳奇」。在張凱眼中，鄧朝輝就像一個「神人」般的存在，他「偶然」地遇到鄧朝輝，而鄧朝輝對他的隱瞞欺騙和白吃白住不以為意，還慷慨地傳授他求職的各種策略，為他指點明路，幫助他在社會上立足，最後功成身退。這個經歷頗像武俠小說中讓落魄的主

人公武功大增的「奇遇」。小說更多地從張凱的視角出發去描述鄧朝輝，因此鄧朝輝的過往經歷和心理狀態都未可知，更增添鄧朝輝神祕的「神人」色彩。但是鄧朝輝為什麼要幫助張凱呢？當鄧朝輝花一萬元為張凱的求職置裝時，張凱感到過意不去，鄧朝輝回他說：「我不白花錢，我有自己的目的。」這個「目的」到底是什麼？作者並未明言，讀者可以有各種不同的猜測或解釋，但卻很難有確切的答案，甚至在這場「求職遊戲」中，鄧朝輝到底有幾分對人的「真心」（他完全可能純粹地想幫助這個淪落在他家的年輕人，也可能只是把改造張凱當成一場遊戲），都如同他的神人形象，高深莫測。

回過頭來看張凱，其實張凱的「蛻變」也有部分的空白。年近三十、沉迷網遊、無所事事，靠女朋友養活長達七年的張凱如何在短短兩、三個月內改變他好高騖遠、沒有定性、耐受度低的性格缺陷，難道僅僅是因為後無退路又人在屋簷下，不得不聽鄧朝輝的話？又或者是在此之前，他從未發現真正適合自己的是營銷工作？事實上張凱在之前斷斷續續的工作經驗中，也曾擔任銷售工作，卻因客戶喝酒時說了一些難聽話，憤而辭職。在張凱的「蛻變」中，似乎缺少了主體性格改造的過程，以及改造過程中可能遭遇的艱難與阻礙，加之以鄧朝輝的「神人」形象，使得張凱的成功更像一則「傳奇」，這也使我不禁想問，這個讓人看得很過癮的，由「失敗」而「成功」的故事在多大程度上反映了社會的現實（真實）？

相較於小說中的「失敗者」（張凱及其女友蘋果）逐步走上平凡人的幸福坦途，「人生勝利組」的鄧朝輝卻有其不為人知的精神困境。張凱認為鄧朝輝「因為聰明所以才過得好」，鄧朝輝則回應他說：「在這個社會想要過得好，有欲望就可以了。」、「想要過得好，人就不能太聰明。」、「聰明的人都想要幸福，可幸福遠遠不只這些。」同時他也曾說：「遊戲沒

有意義。」作者承認資本主義社會運作的原動力是欲望，許多成功的人只是因為欲望強、野心大，而且他們「勇敢，願意冒險，願意去賭」；同時也承認所謂的「人生勝利組」並不意味真正的幸福，人生還有更多並非金錢、名利可以衡量的精神性的追求與渴望。對崔曼莉來說，她無意質疑資本主義的運作邏輯、社會階級的結構問題是否有違公平合理的原則，是否導致人性的異化扭曲，在承認現實經濟、社會體制的基本態度下，她相信只要能培養獨立、自強、積極、上進、勇敢等性格特質，就能在現實社會中找到個人生存、立足的方法。與此同時，她也企圖在金錢、名利等世俗「成功」的價值取向外，尋找更多幸福的可能性。

二

　　《殺鴨記》中的其他篇章，在主題內容上與〈求職遊戲〉迥異，但在創作精神與特色上卻有相通之處。如同〈求職遊戲〉並不強調社會資本權力結構等現實問題，其他短篇小說的時空背景與社會現實也相對弱化，作家著力描寫的是較為抽象的，人類生命、情感狀態的困境。而此困境與〈求職遊戲〉中鄧朝輝的生命感覺相連繫，隱隱指向當代都市生活中的人際關係與情感問題，其核心主題是「孤獨」，而「孤獨」包含獨立、自在、隔膜、孤絕、離群索居、自我屏蔽、異化等不同面向的多重內涵。

　　崔曼莉強調個人獨立自強的精神，而生活、情感與精神上的「自立」也容易強化個人的孤獨感。由「孤獨」所輻射出來的眾多內涵中，〈兩千五百公里以外〉（2003）和〈他鄉遇故知〉（2002）所呈現的是現代女性的獨立與自得，但同時也包含「不想承擔情感重負」的心情。〈兩千五百公里以外〉中的「我」和一個住在兩千五百公里以外的男人成為無話不談、近似戀人的網友。「我」來到男人的城市，只是想「接近他」，而未必要「看

見他、聽見他、感受他」，因此「我」住進了他推薦的月湖賓館，看到他所說的最美的月湖，去吃他推薦的山城麵館，甚至與他通電話，就是沒有告訴男人「我來了」。「我」與男人的關係可以連結到《浮沉》中喬莉和網友樹袋大熊的關係，樹袋大熊幾次想約喬莉見面吃飯，但喬莉卻更喜歡網路世界中沒有負擔，暢所欲言的輕鬆感和親密感。「我」在山城麵館吃飯的時候，鄰桌有個男人在酒酣耳熱之際，被朋友慫恿前來和「我」搭訕。在對視的片刻中，兩人認出了彼此，眼前的人就是那個無話不談但素未謀面的網友。「我」最後片語未發即離去，離去之前回望那個角落，感到「它比兩千五百公里還要遙遠」（頁78）。小說輕描淡寫地描繪出現代都市人際間獨特的「遠近」關係：情感的親密關係往往與兩人實際的距離成反比，生活上的互不相涉似乎是維繫情感的最佳良方。〈他鄉遇故知〉中，「我」在北京與同鄉乞丐侏儒的意外重逢，以及「我」與男人的關係，也都流露著「相見不如不見」的心情。

這種「保持距離」的人際關係在〈山中日記〉（2010）中發展成「離群索居」的願望，主人公「我」來到奧地利的山上，但「只想一個人待著」。「我」最大的願望就是生在山上的一座小廟裡，沒有父母與親人，「我不知道外面的世界，也沒有機會知道……我就慢慢地長大，慢慢地老了……有一天睡著的時候，我就死了。」在這個願望中，「我」想掙脫、抵抗的顯然是世俗情感的束縛與社會規範的綑綁，而山中的小廟所代表的「自然」、「清靜」與「無欲」，則是城市繁華生活的反面。小說中的「我」和漢頓老人同樣有著自我屏蔽的願望，但有著相同願望的兩人卻也未必能夠彼此理解、親近，就如同「我」看著漢頓先生二十多歲時英俊柔美而富有朝氣的照片，以及四十多歲成為著名登山家時堅毅倔強的臉龐，卻怎麼也無法和眼前這個躲避在山中旅館的垂暮老人相連繫，生命的隔膜與陌生感由

此而生。

　　與〈山中日記〉相對照，〈房間〉（2012）則是一個被迫離群索居，但同樣感到人心隔膜與疏離的孤獨故事。〈山中日記〉中的「我」與漢頓先生是主動選擇避居的生活，〈房間〉中的「我」則因八歲時的車禍導致頭部以下癱瘓，被迫侷限在房間病床上長達十三年的時間。小說描述「我」藉由設置個人網頁與外界聯繫，並因悲慘的遭遇而意外成為網路紅人，「網紅」為「我」帶來名利與熱鬧的生活，也激起「我」對金錢與愛情的欲望。但「我」卻被這欲望所綁架，「我」所喜歡的男孩在「我」所看不到的，房間之外的現實世界中利用「我」的名義來牟利。小說從層層堆高的孤獨感中營造生命的孤絕處境：封閉房間中的漫長歲月、成為「網紅」後送往迎來的熱鬧背後的孤單寂寥、從癱瘓以來一直細心照顧「我」的好友余小可在不自覺中流露的高人一等的姿態，以及男孩對「我」的背叛和利用，都讓「我」感到人心之間的遙遠距離；「我」最後只能承認：白天的熱鬧與美好是虛幻的假象，黑暗真實而殘酷，「黑夜終究是要來臨的，它們比白天更長久。」可悲的是，人依然眷戀虛幻的假象。

　　〈殺鴨記〉（2005）則是整部小說中最冷冽的一篇，這個富有現代主義色彩的小說被我解讀為一個關於孤獨的寓言。在我看來，這篇小說描寫一個被孤獨異化而不自覺，喪失了與外界和平相處、與他人情感交流的能力，甚至對生命感到厭煩、厭棄的極端孤獨而神經質的個人。小說中的「我」為了尋求「寧靜」的生活而買了村莊裡的三間瓦房，但「我」在這裡生活的四年中，沒有任何訪客，只有母親在「我」剛搬家時來過一次，之後「我」便拒絕讓母親再來。後來一群不請自來的鴨子打擾了「我」寧靜的生活，「我」便決定把這些鴨子殺了。小說描寫「我」因孤獨而導致冷漠、冷血的生命狀態，彷彿生命忍受不了一丁點的麻煩與打擾，任何討厭的事

物都必須被迅速清除，冷靜殘酷的筆調讓人不寒而慄，例如「我」與他人的對話僅僅圍繞著「別讓鴨子再來打擾我」和「如何殺鴨子」等目的性明確的簡單話語、我清楚地計算著「我的寧靜已被打破一個月零三天」、「我要殺鴨子，要殺得輕鬆自如，看不到疼痛。」然而，當「我」在活埋鴨子的過程中第一次抓住了一隻鴨子，溫暖柔和的羽毛讓「我」所有的力氣一瞬間潰散。「我」最終還是活埋了鴨子，但卻在世界歸於寧靜時，眼淚不可抑制地湧了出來。被孤獨異化的心靈長期屏蔽任何生命與情感的交流，以致遺忘了生命的溫度，但在「我」抓住鴨子的一剎那，感受到生命的真實存在，湧出的淚水是生命本能對孤獨異化的突圍。

　　整體而言，崔曼莉的《殺鴨記》呈現作家面對世界與生命的兩種態度。一方面，她以個人的職場經驗，強調「獨立自強」的生命品格，希望以此鼓勵在社會中奮鬥、努力的讀者；另一方面，當她向內靜觀生命的本質，「孤獨」是繞不開的生命課題。在她筆下，孤獨可能展現為不假外求，獨立而自得的生命模樣，可能代表對於世俗生活的逃離與反抗，可能意味人心難以真正相互體貼、理解的疏離感與隔膜感，也可能異化為冷漠殘酷的生命狀態。在這兩個面向的書寫中，前者強調積極進取的奮戰精神，是作家想贈與讀者的禮物；後者則是作家抽離於世俗生活之外，對生命本質的清醒認識。

【蘇敏逸，成功大學中文系副教授】

「孤獨的」小說家
關於崔曼莉的中短篇創作

饒翔

在中國當代的青年女作家中，崔曼莉或許是較為特殊的一位——2007年，本名崔曼莉的女作家化名「京城洛神」在網路上發表了長篇小說《浮沉》，獲得了巨大的成功，一時間聲名鵲起，粉絲無數；在個人履歷上，她「做過電視節目主持人」策劃人，有過國企、知名外企從業經歷，後進入互聯網產業，擔任英派瑞克科技公司執行總裁，這些豐富的職場經歷，也足以支撐她沿著這條成功的創作道路走下去，背負起「職場小說代表作家」之名，在網路上繼續縱橫馳騁。然而，這條「封神」之路被作者主動放棄了，「京城洛神」似成絕響；取而代之的是「小說家崔曼莉」——她花費四年創作《琉璃時代》，這部頗具家族史意味的長篇小說，代表著作者「我從哪裡來」的求索；而在《琉璃時代》之外，在讀者與出版界都在熱烈呼喚《浮沉3》之際，她回過頭去整理出道十年來陸續寫出的中短篇小說。從她對這些作品的格外重視，似乎在暗示她的思索：「我到哪裡去」。

我特別強調崔曼莉的小說家的身分——專業的、職業的小說家，她苦心經營小說這門傳統的技藝，通過虛構和敘事來營造人生之境；而除了作為「小說家」身分之外崔曼莉似乎也的確「一無所有」，她沒有任何體制內的身份和職業，她就是、只是「小說家」。

一

　　崔曼莉是天生的小說家，這在她的小說處女作〈卡卡的信仰〉中已得
到證明。小說取材於當年發生在美國的一樁轟動的社會新聞——14 歲少
年和 30 歲女教師的不倫之戀。然而，如何將一則社會新聞「小說化」呢？
作者巧妙地選擇了第一人稱有限視角開展敘事，「我」—— 12 歲的少女
卡卡對這段不倫之戀的旁觀和反應，取代不倫之戀本身，成為敘事的中
心。這樣一來，敘事的重點便從事件轉移到事件醞釀發酵的過程，和事件
造成的後果及眾人的心理與反應，而小說的「倫理」意義也便從對社會事
件的評判轉移到對人性的探究上。特別值得注意的是，作者代入了 12 歲
少女朦朧的情感，初戀時那些關注、嫉妒、迷惘、安慰與自我安慰、微
妙的心理失衡與平衡，失戀後「一夜長大」的灼人的痛楚，無不感染著讀
者。作者敘事老到，對人物內心情緒捕捉敏銳，在在展示了她作為小說家
的才華。

　　從〈卡卡的信仰〉開始，這位青春的女作家，似乎從來就沒有寫過什
麼甜蜜的戀情，在男女戀人這一人類致力建構的最為親密的關係之間，崔
曼莉觀察到並藉以書寫的卻是人心的隔膜。〈臭味相投〉中的敘事者譏誚、
世故，他貌似看清了男女之間的現實算計，戀人之間的同床異夢，然而，
在「世人皆如此」的虛無感中，舍友彎刀對感情的認真執拗、傻氣憨直，
卻刺激著「我」的日趨麻木的神經——到底何謂幸福？世事洞明、人情練
達、以感情（身體）做投資的塗清清，與不明真相、不通世故、全心全意
去愛的彎刀，到底誰更幸福？而目睹了塗清清的紅內褲，被男女之間齷齪
性交易傷害了的「我」，在彎刀奮勇不顧的熱情刺激下，又是否還能擁有
幸福的權利呢？

　　梅特林克說過：「我與你相知未深，因為我不曾與你同處寂靜之中。」詩人對於自我與他者遠近距離的深刻觀察，可堪玩味。在陌生人之間，心靈的巨大空白地帶，需要我們不停地靠話語去填補，才能避免無話可說的尷尬；反之，心有靈犀的老友之間，似乎無需太多的言語，在寂靜之中，更能感受那種靠時間歲月積累沉澱的默契。用梅特林克這句話來歸納崔曼莉幾篇小說的題旨，大約也是恰當的。

　　〈他鄉遇故知〉與〈兩千五百公里以外〉這兩部題材相似的短篇小說，探討的都是人心之間的距離。相距迢遙，通過網路（或更傳統的書信、電話）建立起好感的男女，見還不是不見，這是一個問題。靠距離和想像建立起來的情感，如何以及是否能直面現實的「肉身」？〈兩千五百公里〉裡的女主人公鼓起勇氣，來到男主人公的城市，迫近「真實」的瞬間，卻選擇了逃離，轉身而去。我想，作者玩味的不是戀愛者「葉公好龍」式的心理，而是通過人物在見與不見之間的猶疑，思考人與人之間似遠實近、似近實遠的距離感。自然，小說也有一分類似王子猷雪夜訪戴興盡而返的灑脫與自得。〈他鄉遇故知〉中「我」來到北京遇到的第一個「故知」是一名來自家鄉的侏儒乞丐，然而，重遇的驚喜很快就被消散在一起就餐時的「尬聊」，由此感受到人心的咫尺天涯，也使「我」遲遲不願去見那位真正的「故知」，「我想著兩個人能見面、寒暄、吃飯是多麼無聊。而獨自一人，卻是自由的，無須分擔他人的好惡，就像這北海，我願意看，就多看，不願意看，就走。」親密的關係會成為羈絆，過多的言語會成為負累。「當我沉默的時候，我覺得充實，我將開口，同時感到空虛。」而保持人與人之間的距離，以保持個人的獨立與自由，這是「孤獨的小說家」所秉持的敘事姿態，也是她想要努力保存的「自我」。

〈山中日記〉寫一名中國女子在奧地利結下的一段異國友情。曾征服過大山、被當地人視為英雄和偶像的漢頓先生已進入人生暮年，離群索居，拒絕與外界交往，而這位來自中國的年輕女子卻輕易地叩開了他的大門，受其接納。在兩人之間存在著種族、語言、文化、年齡、性別的巨大溝壑，任何深入的交流溝通看起來都不容易發生，然而僅有的兩次對面交談卻使兩人默契如一對老友。事實上，兩人的交談斷斷續續，不時地沉默，在話語盡頭靜默相對。然而，共處寂靜之中，彼此感受到的不是尷尬，而是一種享受——「再也找不到能這樣坐在一起的朋友了：什麼也不用說，什麼都不用做。我們都是躲起來的人。」作品似乎還傳達出作者對於生命孤獨本質的思考。對於孤獨的體認，使兩個素昧平生的人惺惺相惜。「山」的意象，或許就象徵著遠離人群的孤絕。在漢頓老人離群索居的一生中，67 歲時的一段短暫的婚姻倒像是一個美麗的意外，他的一生只與山為伍。而「我」的生命願望則是在山中的小廟悄然度過一生。漢頓老人最終也沒有回答的問題：「您為什麼不和外界交往呢？」似乎攜帶著某些不解的個人隱祕，然而，答案或許是不重要的，因為「我」已然從這個他者的生命流轉中觀照到了自我的生命，那是一如哲人們所說的：生命的本質是孤獨。

詩人伊蕾的話「我好像一出生就老了」，道出了作家們擁有的那顆老靈魂，他們彷彿看盡人事，背負著前世的記憶，使他們的筆觸也難以輕鬆。〈房間〉和〈殺鴨記〉或許是崔曼莉短篇小說中最為「暗黑」，也最為尖銳的兩篇。〈房間〉借一位因車禍致癱、常年臥床的女孩對社交、對愛情的幻想、追求與幻滅，寫出了世間人際的殘酷真相。在一番虛假的熱鬧過後，房間複歸於沉寂，這位癱瘓的姑娘意識到「熱鬧是他們的，而我什

麼都沒有」、「當我身處白晝，我就能想像到黑夜的痛苦，當我身處黑夜，我就能想像到白天的歡樂何其虛無縹緲、不值一提。」寫作〈房間〉時作者頗為年輕，而當她借人物之口說出：「黑夜終究是要來臨的，它們比白天更長久」，我知道，這個老靈魂所窺破的是困鎖住人類的所有的「房間」，是「世界上所有的夜晚」這一人類生存的本相。我相信，也正是這番對存在本相的窺破，使〈殺鴨記〉中的「我」決絕地遠避人世，也決絕地將叨擾她的鴨子們趕盡殺絕。這是與人類絕交之作，也是孤獨的絕境之作。

二

　　〈求職遊戲〉是崔曼莉迄今唯一的一部中篇體量的小說，也是值得重視的一部作品。從表面上看，〈求職遊戲〉仍然可以歸入「職場」題材，它流暢的、一氣呵成的敘事呈現出清晰的故事脈絡：無所事事、沉迷於網路遊戲的張凱，被相戀八年的女友蘋果在一次爭吵之後趕出了家門，無處可去的他，經網友王強介紹，借住在成功人士鄧朝輝家中。在鄧朝輝的反覆調教、指點下，張凱挑選公司、修改簡歷、演練面試，歷經一輪又一輪實戰考驗，最終脫穎而出，成功應聘世界五百強企業，並使女友回心轉意，重投懷抱。

　　如果將其讀作職場小說，那麼它的主人公無疑是張凱，對這個故事有興趣的讀者關心的是他如何一步一步走向「成功」的。但我要說，〈求職遊戲〉的真正的主人公卻是鄧朝輝，他才是這場「求職遊戲」真正的遊戲者、布局者、導演者、操控者。張凱不過是他手下的一枚棋子，是他設置的這場「角色扮演遊戲」中的一個角色。

　　鄧朝輝是個怎樣的人？似乎面目有些模糊。小說的敘事是富於技巧

的，借用敍述學的術語，敍事人的敍事視角「內聚焦」於張凱這個人物，我們能了解張凱的所思所想，卻無從了解鄧朝輝的內心世界。我們對於鄧朝輝的了解都是來自於張凱的觀察和聽聞，包括隱約知道他早年有過奮鬥發家的歷史。而張凱所不能理解鄧朝輝之處，卻成為我們試圖去理解這個人物的起點。

除了對張凱傳授求職之道，鄧朝輝與張凱有兩次交談值得琢磨。其中一次發生在張凱問鄧朝輝到底為什麼幫他，鄧朝輝的回答是：「不為什麼……我只是覺得這世界本是一場遊戲……你在虛擬世界中玩遊戲，我在現實世界中玩遊戲，本質上沒有區別。」他又補充道：「總有一天你會明白，遊戲沒有意義。」、「有意思的不在遊戲當中。」

另一次深有意味的談話發生在鄧朝輝帶張凱出沒於各種社交場合，勾起了張凱對於這種生活的欲望。鄧朝輝問張凱覺得這種生活有意思嗎？

「有意思啊，為什麼沒意思？」張凱驚訝地問。
鄧朝輝吐出一口酒氣，忽然問道：「你看巴爾扎克嗎？」
……
「巴爾扎克寫的就是我的生活。」

接下來，他們還有這樣一段對話：

鄧朝輝沒有說話，半天方道：「在這個社會，想要過得好，人就不能太聰明。」
張凱聞言笑了：「鄧哥，這話說錯了，您就是因為聰明所以才過得好。」

鄧朝輝睜開一隻眼，冷冷地看了他一眼：「你說錯了，在這個社會想要過得好，有欲望就可以了。」

「那聰明呢？」張凱問。

「聰明的人都想要幸福，」鄧朝輝道：「可幸福遠遠不止這些。」

可以說，對話的雙方對於世界的認識理解顯然並不在一個層次上。那些對於張凱來說「很玄乎」、「無病呻吟」的話，對於我們理解鄧朝輝的思想卻非常關鍵。

鄧朝輝這個略顯神秘的人物擁有超拔的智力和能力，這是毋庸置疑的。作為令張凱佩服不已的遊戲高手，他深諳現實世界的遊戲，於其中游刃有餘，進退自如。然而悲哀的是，他不能像這個時代的大多數人那樣，隨波逐流，樂在其中，於這場瘋狂的時代遊戲中找到幸福。他清醒地意識到世界的遊戲性質，知道遊戲本身毫無意義，終將空無一物，「落得白茫茫一片大地好乾淨」。更加悲哀的是，每個人都不得不玩這個遊戲，包括他自己在內（儘管他明白「有意思的不在遊戲當中」）。遊戲真正的發明者和導演者是時代，而並非哪個人。時代的淺薄無聊，使這場人間遊戲也愈發顯得淺薄無聊。而時代的平庸，也造就了眾多平庸的人生，使這場遊戲無需太多智力，僅僅成為一場欲望角逐。一如鄧朝輝教導張凱的那樣：「我想讓你知道，他們和你一樣，都是普通人。……有的人並不比你聰明，只不過他們比你的欲望要多，而且他們勇敢，願意冒險，願意去賭，僅此而已。」張凱、王強、蘋果這些如他們名字般普通的芸芸眾生，他們只有普通的欲望，他們被編織進這張遊戲的大網，缺乏主宰自己命運的能力，深陷現實這灘爛泥。小說結尾以略帶反諷的口氣說：「對張凱而

言，普通人的幸福生活就是如此美好，不可複製！」從鄧朝輝那裡學到一些「遊戲技巧」，便如謀得一張幸福生活的通行證，洋洋自得的他又怎能理解鄧朝輝的「痛苦」，「天性涼薄」的他早已把鄧朝輝忘到九霄雲外了！

心智遠遠超拔其上的鄧朝輝，卻分明感到了這一切的虛妄——遊戲的虛妄，乃至世界的虛妄。小說中有一處寫到，有天晚上，張凱偶然在門外聽到鄧朝輝在哭泣，他不明白這樣一個成功的男人為什麼會獨自哭泣。小說沒有揭開這個謎，卻迫使我們思索：鄧朝輝為什麼而哭泣？

魯迅在小說〈孤獨者〉中塑造的那個如受傷野獸般哀號的魏連殳形象，令我們為之動容。如將這兩個形象放到一起，可以說，他們都是「時代的孤獨者」，他們以他們敏感的心靈感受到了整個時代的壓抑，感受到了先覺者的巨大的痛苦。這是一種心靈之痛，不足與外人道，只能化為獨自的哭泣。

鄧朝輝過著類似巴爾扎克筆下的生活，他從中無法感到幸福。巴爾扎克身處西方資本主義社會的「鍍金時代」，這是「資本泡沫」的發酵期，各種欲望在蒸騰。而我們現在也處於類似的「鍍金時代」，城市生活被很多作家描寫為欲望的集散地。我想，崔曼莉於這一領域的貢獻在於，她在更深的層面上寫出了城市生活的精神實質，使城市文學呈現出新的風貌。這種精神實質或許就是一種遊戲性，然而作者不是教人沉湎於遊戲，而是教人反省這遊戲的虛妄，進而重建自身的生活信念。我們不要忘了鄧朝輝所說的：「真正有意思的不在遊戲當中」，那它們在哪兒呢？是「情義」，是「感恩」，還是「創造」？這些留待讀者去思考。

【饒翔，光明日報文藝部首席編輯】

流言、妖言、謊言下的真實
讀李浩《怪異故事集》

詹孟蓉

一

　　與張楚、胡學文、劉建東等作家合稱為「河北四俠」的李浩，身為小說家、詩人、批評家、兒童文學作家、散文隨筆作家，似乎有著現代性的五副面孔。

　　擁有五種文學創作面向的李浩，在作品中融合了各種元素，他透過超現實主義寫作手法，將故事說得荒誕又滑稽，看著荒謬且逗趣的情節，說著生活在當代社會中，人們逐漸發展出某種殘酷且扭曲的心理狀態。

　　〈封在石頭裡的夢〉說著一群七〇年代作家群，被某種巨大的壓力追著跑，形成了其中幾人共同的「夢」，衍生出這群人尋謎，想解開這夢對他們的意義是什麼；〈飛過上空的天使〉以寓言的方式，鏡像式的反映出當代社會被流行文化與媒體操弄的人們，盲目地追尋目標；〈變形魔術師〉中，我們不得不注意到「變形」二字在這篇小說中在語言上的作用，對於孔莊、劉窪、魚鹹堡的人而言，一切事件都有可能變成傳奇，只要經過三張嘴、第三隻耳朵，這件事便已經一波三折、風生水起，不再是事情原初的樣貌，成為人們口中的鄉野怪談、傳奇。而文中的主要人物──魔術師亦是如此，魔術師的「事蹟」在村民口中經過極度誇張地敘述與渲染，成

為了傳奇，魔術師傳奇的故事讓他在村裡被追捧、塑造成為一位具有魔幻力量的人，小說情節發展到尾端，卻也因為透過村人悠悠之口，致使魔術師的故事扭曲變形，他被流言、妖言、謊言纏身，最終被迫消失在這個村莊裡了。

　　〈郵差〉「信使」與「陰間使者」的對話具有生命的思考與啟示意味。敘述者「我」無意間發現自己是陰間使者的信使，小說便從他內心抗拒、自我否定與說服、到接受的過程中，劇情也同步關注敘述者我對「自我」的體認，以及周遭人們衍生出「人心」與「人性」的拉扯，個體之間的「命運」關係也一次次獲得了深化；〈會飛的父親〉讓人聯想起李浩另一部未收入本書的名篇作品〈鏡子裡的父親〉，在這篇小說中，父親經歷著風霜雨雪的肩上，永遠扛著莫名巨大的壓力，而這壓力正是來自於他自身命運的被嵌入時代和集體命運的縫隙中，甩不開也逃離不了，回來看〈會飛的父親〉中的父親形象塑造，同樣也是受到國王不合常理的要求，以及眼看自己最好的朋友，將走上自己親手做的刑台，內心的壓力反應在他對兒子、對妻子的咒罵，到了最後，〈會飛的父親〉中一位重要的敘述視角——兒子，通篇看著父親的背影，深感到父親的悲鳴，但他最後一刻努力超越與擺脫父親的陰影了。

　　〈拉拉國的故事集〉以童話故事新編的手法，整體風格像極了賽萬提斯的《唐吉訶德》，文中的國王以無知無理的一人極權（集權），和他身邊的弄臣無厘頭的治國方式，聯手將國家搞得天翻地覆，帶有反諷現實的意識；〈誇誇其談的人〉主角面對已知的命運，穿梭奔波於過去、現在的時空之中，企圖改變已發生的悲劇事件和結果，繼而改變了未來，一切均是善意的出發點，但一切最終也都成為了未能盡如人意的徒勞；〈到彼岸去〉描述一群久未謀面的同學，幫遠從加拿大回來的張成接風辦了同學會，但實際見面時一波三折，表面的虛應，刻畫出人與人之間的疏離之感，一場重逢，更多的是突顯了現今的無奈，這聚會終究「到不了彼岸」；〈夏岡的

發明〉中的主角之一發明家夏岡，因為得不到心儀對象齊靜的愛，而感到人生的缺憾與不快樂，因此想發明一個能滿足人們想望的機器，讓人們快樂不再痛苦，但最後卻發現：滿足了人當下欲望的快樂是短暫的，同時夏岡也並未因自己的發明而達到令他快樂的目標。

《怪異故事集》各篇主題和手法豐富多樣，符合了李浩創作的主體精神，他在文字裡玩遊戲、在文學裡變魔法，將原本嚴肅且批判當代怪異現象的主題，用拼貼、用頑童的姿態笑看這世界。

二

整本小說的創作精神，作者刻意揉雜了「真實／虛構」的界線。當然，小說的本質在於虛構，早已不需在小說中討論的議題，然而作者則是將現存情境與夢、與童話故事、與寓言故事、甚至在古典名著的情節中，以鋒利現代的神話改寫，自由穿梭於其中。如〈封在石頭裡的夢〉，小說敘述到李浩和他一票同時期作家們：林白、李約熱、黃土路等人，同在一趟山間旅程，旅途中幾人無意間閒聊，這才驚覺原來有些人和李浩一樣，曾在夢中夢到一個「共同的畫面」——一塊綠石頭。他們決定支開他人，起了尋找、探索封在綠石頭裡的「夢」的念頭，想究其背後有什麼樣的隱喻。

在尋找的過程中，有阻礙有疑惑，但每個夜裡李浩一群人如同《一千零一夜》般，輪流口述出自己夢到什麼樣的墨綠色石頭，聽完一個又一個的故事後讓這群人的意念更加凝聚，追尋墨綠色石頭的意識更強烈了。然而當他們真的找到墨綠色石頭的同時，也捲入了一齣可怕的「惡夢」：三人一同進入了一幢古堡，安排這段情節時，作者明顯是從《三國演義》劉備、關羽與張飛桃園三結義情節的仿寫，同樣是三人結拜兄弟革命情感，但小說中李浩、李約熱和黃土路三人，沒水沒電的情況下，最後只能靠「吃兄弟」讓生命延續下去。有趣的是，當初他們苦苦尋找的真理，找到了墨綠色石頭時，作者卻以「夢境」來描述這段旅程的終點，那麼不禁想

問：難道這就是主人公最終追尋的終點嗎？作家並不正面回答，只繼續敘述到，由於這夢境太逼真，讓這三人談起這共同夢境都因為太真實而避諱不敢再提起。

故事中一再的將情節與夢境交揉，虛與實轉換、酒醉與清醒、夢境與情節並行，甚至情節中桃園三結義的忠貞情義與小說三結義卻吃人不忠不義，二元對立的敘述模式，有如一面鏡子，照出了鏡子外的人生與鏡中虛幻的世界。當你努力分辨出哪個世界是鏡外、是鏡內，是夢境是故事情節時，就該注意到小說中那位「詩人」的再次出現。情節走到最後時，詩人穿著「模糊圖案」的黑色風衣出現，告訴小說中的人物，當然也告訴讀者：「我們不可能在一生中兩次跨進同一條河流」。這是古希臘哲學家赫拉克利特以此概念概括了他對於運動變化的思想，赫拉克利特聲稱人不可能兩次踏進同一條河，因為當人第二次進入這條河時，後邊往前流的水已不是原來的水流了。在他看來，宇宙萬物沒有什麼是絕對靜止的和不變化的，一切都在運動和變化。小說至此，分辨孰是真、孰是虛幻似乎已經不是作品的重點，作者又再次跳脫情節，以更高的角度「變為常」的概念來解釋這一切。

三

李浩的小說〈飛過上空的天使〉則是呈現了近代社會中一項不可或缺的元素——媒體，媒體體系衍生出許多現今社會特有的現象，如八卦、流行、跟風、盲從和快時尚。小說明確地演示出當代社會如何將「一則流言」變成真：起因是由一位工人說他看到天使後，這訊息便如同蝴蝶效應般引發整座城市軒然大波，在《絕對科學月刊》出現探討 A 城天使現象的科學探疑論文，天使存在的「可信度」，便大大的提升，流言因此而成「真」，人們便深信不疑，這樣奇觀式的故事發生在現代城市才是合理的，唯有當代社會才會因謠言訊息，眾口鑠金，訊息透過大量拼貼編織後，再

透過網路、媒體快速流轉與傳播，描繪出現代社會特有的怪異現像。

作者反思道：網路、媒體充斥的時代，任何信息並不需要太過科學的驗證與考據，甚至只要能成為話題，媒體都將視為是「商機」，這樣的話題在當代很快成為一種流行，一旦成為流行便必然與商品結合，也因此市面上出現許多天使的商品。諷刺的是，這類盲目的跟風也會吹進政府機關，A 城市也藉此順勢貼起了標語「愛我家園，共同滅蚊」等表面性的政策活動。在現代社會裡，人們太容易且機械式的被流行文化擺布個人思想，顯示出現代人內心巨大的空洞。天使真的出現過嗎？人們恐怕早已忘卻應該探究這問題存在的必要，甚至對於有心炒作的人而言，這根本不是重點，天使是否降臨，是無法證實的虛無謠言，隨之起舞的各式媒體炒作、商業行為才是在小說中具體發生的真實。這同時點出了現代人生存在現代社會中心理問題和精神問題，藝術門檻降低，取而代之的是模仿、拼貼、複製、再造的流行，人們身心的空缺只能由媒體提供的娛樂來填補。當李浩寫出現代人「集體無意識」，隨著媒體炒作而盲目起舞，沒有追尋真相的欲望，沒有自我，喪失判斷是非對錯的能力，與其說是「天使」經過的城市，最終看來是高高在上的「撒旦」操弄著人們的靈魂。

相對於〈飛過上空的天使〉寫出盲從的人群，〈夏岡的發明〉則是針對人究竟需要什麼。當滿足了人的需求，得到快樂後，現代人心靈空泛的問題是否也就迎刃而解？小說中，夏岡思索朋友的需要而發明，事實上夏岡本身熱衷於「發明」，即是欲望的一種表現，正如同他的出發點是對於齊靜的愛慕。只是當所有人都順利藉由夏岡的發明，也就是靠外力實現自我願望時，人看似完成心中想望的事就能得到快樂，好比熱天這時來杯冰涼的飲料，解決當下需求便是快樂。李浩在此其實是對「解決人的需求就是快樂」這一命題的提問，因為透過夏岡口中道出「這是我沒有想到的……對於快樂，他們有需要停下來的時候，他們不能總在快樂上」。小說中描述到：這些人按了粉紅色按鈕後，都能解決當下的需求，快樂會有的，但

沒多久卻又衍生出生活與生命中其他的問題與欲望，這就是為什麼那位病寒交迫的老頭，透過夏岡的發明讓他恢復到以前年輕健康的身體，沒多久老頭卻失去笑容，要求停下來，因為「這樣的快樂我受夠了」。

不同於〈飛過上空的天使〉討論盲從流行，無個人意識的社會現象，〈夏岡的發明〉反而細緻地關照每個個體的欲望，正如同現代社會中，講求「客製化」服務，每個人的確能明確指出自己的需求，但有趣的是，夏岡發明的機器能滿足每個人物質的需求、外表或返老還童的需求，但他自己的需求——也就是想得到齊靜愛慕他的心，卻始終無法達成。這反映出當代資本主義化的社會，物質、青春都能快速取得，每家店都能滿足你個人各式的外在欲望，雖然能輕易得到，但正因為太快速、太便利，得到的當下的確會快樂，但很快又會被其他想要的需求蓋過，人們看似是有意識地選擇，其實是又掉入了同樣欲望的輪迴。

那麼，現代人到底要的什麼？個人的價值在哪裡？其實不是追著天使趕流行，也不是靠夏岡發明的機器快速得到想要的事，而是真正要花時間、花心思經營的「愛情」，這裡的愛情是種象徵，也就是人最純粹的核心價值。文中可以看到，為什麼夏岡始終得不到齊靜的心，在於夏岡永遠是個偉大的夢想者，卻是行動的侏儒，他不曾為他的愛情努力過，卻想用最快的捷徑，想一步登天，發明「心想事成」的機器，就能得到快樂。小說結尾能知道：這些按了粉紅色按鈕的人，快樂是短暫的；而夏岡沒使用他的發明，也不曾為他的愛情付出行動，因此，他始終沒有得到發自內心，心中想要追求的快樂。

四

綜觀李浩筆下的人物眾相，都有著共同的困境——一道無法擺脫的枷鎖，那就是「命運」。小說中的主人公，一而再再而三的在生活中，不斷地被追趕，或在封閉的空間中輪迴，李浩喜歡以「夢境」、「迷宮」和「鏡

「像」來表現作為象徵命運牢籠的空間，當人物走進自我的困惑中，如同他們陷在命運的迷霧裡，已分不清何者為真、何者是幻覺。如〈封在石頭裡的夢〉中，一群人追尋共同夢的路途中，窮究到底才發現，這夢裡的真相是令他們無法承受的壓力。小說人物中最常被追著跑的壓力，正是一種寓意：「……我們剛才講的這個夢？我的話裡或多或少有挑釁的性質，我還是不能信任他，總感覺他是莫名的闖入者，彷彿是夢的一部分：我感覺，自己如同處在一個持續的、循環的夢中，而這個有神祕感的人，很可能是夢境安插給我的監視者、控制者……」。同樣的手法在〈郵差〉中也是如此，「我」經歷過這麼多的事件後，最後卻在夢中醒來，分不清楚這些經歷是夢境還是真有其事；〈會飛的父親〉裡在篇章的第一句話便點名了敘述者母親，在生命終結的最後一句話：「他是我一生的噩夢。現在，我終於可以擺脫他了」，同樣的，敘述者和父親，也在小說安排的迷宮、王宮、克里特家這幾個特定的空間來回，唯獨敘述者「我」，在最後一段跳脫命運的輪迴，拿著父親給予的羽毛翅膀，飛到空中。

細究李浩手法背後，他的夢境和鏡像如同照妖鏡般，照出現代人內心與表面的空洞無實，以及無力反擊陷入命運裡的迷宮中走不出去，有人的確意識到自己擺脫不了這命運的壓力，也有人受到命運的控制卻渾然不知。小說中充滿了弄虛作假，用童話、寓言或以古諷今故弄玄虛，這些看似「不真實」的夢境或鏡像等情節，相對反映出的是「真實」的世界。因此我在讀李浩的作品時，心中會自然地浮現出一件令人熟悉的對應事件，在這些「怪異」的故事情節裡，再現出我們每天眼前發生的故事。讓讀者不禁思考：究竟是李浩《怪異故事集》反映出太寫實的社會狀態，還是人們每天正身處於這些怪異的世界裡，見怪不怪？

【詹孟蓉，淡江大學中文系兼任助理教授】

魔法師的事業
讀李浩《怪異故事集》

徐剛

在深受先鋒小說影響的一撥年輕作家中，生於 1971 年的李浩是極為引人注目的一位。這位喜歡琢磨小說與魔法關係的河北作家，經常自詡為魔法師或煉金術師。他操持著手裡的語言，安然自得地做著自己虛構世界的國王。那些語言的伎倆，翻譯體的文風，遊戲的筆墨，以及刻意超脫現實的藝術追求，讓人一目了然地看出從卡夫卡到卡爾維諾等一脈作家的深刻影響。

在李浩那裡，講什麼固然重要卻並不絕對，怎麼講才是生死攸關的問題。因而他的小說，即便如《鏡子裡的父親》等長篇之作，也不是通過故事情節來推動敘事，而是以某種意義上的絮叨，自我的辯駁，以及一定意義上的形式追求，來組織和填充小說的內部。在他的小說裡，我們可以真切看到他與想像的讀者的較量，以及和自己影子殊死搏鬥的痕跡。而這部最新的《怪異故事集》，無疑更加令人稱奇。通過這些貫穿著「奇思妙想」和「超現實」的小說，我們可以看到，李浩似乎有意要跳開複雜的小說情節和先鋒化的形式追求，轉而以更加接近童話、寓言和傳奇故事的方式，尋找某種寫作的快慰。

如李浩在《怪異故事集》後記中所說的，他是一個喜歡奇思妙想的人，他習慣不給自己的小說設置什麼現實限度。如人所料的，他並不滿足通過小說來「體現」和「認知」世界，而更加熱衷於「再造」世界，因為在他看來，小說本質上是通過語言的弄虛作假，用謊言建構的「魔術師的事業」，而它的目的則是基於一種遊戲精神和個人偏好，來追求有趣的故

事。李浩興致勃勃而又百感交集地寫下那些「怪異」小說，它們之所以「怪異」，首先其實在於他將小說還原到了故事的層面。

這種「怪異」突出地表現在，有時它會以童話的形式出現。比如〈拉拉國的故事集〉就是不折不扣的童話，而〈會飛的父親〉則取材於聖經故事，代達羅斯和伊卡洛斯的故事我們耳熟能詳，只不過在此，李浩將「克里特迷宮」和「伊卡洛斯之翼」的故事演繹得更加傳神；這種「怪異」有時也在於故事的神祕。比如〈郵差〉一文給人留下深刻印象的莫過於那個帶著煞氣的神祕男人，以及那些包含死亡氣息的信件。小說中，那個被選定的具有雙重使命的郵差，稀里糊塗地成了「死亡信使」，他負責把死亡的通知傳遞到人們手中；再抑或是某種複雜的人生況味，〈誇誇其談的人〉裡那位誇誇其談的沙爾·貝洛，通過他講述的那些所謂穿越時間的故事，我們能夠感受到一種難言的悲劇意味；而〈夏岡的發明〉則是為了闡釋無法停止的快樂帶給人們的煩惱……。

再或者，這種「怪異」，只是出於一種敘述的快慰。〈封在石頭裡的夢〉無疑擁有一個獨特的創意：將古代人的夢藏在石頭裡，砸開它，就能夢到古代人的夢。這個怪異的故事頗有些科幻小說的意思。但這裡值得注意的卻並不是故事本身，而是那些隱隱綽綽的人物。這也是李浩的這批小說的獨特韻味所在，即令人感興趣的永遠還是敘述本身。〈封在石頭裡的夢〉有意思的地方在於，林白、李約熱、黃土路、朱山坡、弋舟等當下活躍的小說家朋友，被李浩一股腦兒地寫到了小說裡，甚至這個故事本身也具有采風遊記的輪廓。這種別具一格的敘述形式，陡然間讓那些有關石頭和夢境的荒誕不經的故事，有了那麼一些虛實相間的妙處。

在李浩的這些小說中，他如此任性地將現實與想像融為一爐，讓自己的主人公們上天入地無所不能，一切都是為了滿足自己寫作的「上帝感」。如其所言的，在小說世界裡，他迷戀自己作為上帝的感覺。與此同

時，作者其實最大限度地發揮了小說的通俗性，這種通俗的「怪異」之處在於，它與時下流行的小說樣式是如此不同，甚至有時候，李浩為了突出這種「怪異」，他最大限度地縮減了小說的意義深度，讓它們淪為更為純粹的故事。

當然，問題也在這裡。倘若我們只是滿足於李浩小說「怪異」背後的趣味和神祕，流連於這種奇思妙想的通俗性和欣快感，那麼小說對於我們來說，似乎總感覺缺少了些什麼。自有小說以來，意義的誘惑總是牽引著每一位小說閱讀者，人們總會在故事之外，將閱讀的關切附著於敘事所指向的社會、歷史與人倫，這也是五四新文學留給我們的歷史遺產，或者說是沉重的負擔。為此，我們總會執意尋找小說的現實意涵。在此之下，即便李浩在《怪異故事集》的後記中言之鑿鑿地將自己的作品稱之為「超現實」，但我們依然會在「無邊的現實主義」的框架內，頑強捕捉這一類小說可能具有的社會歷史意涵。這大概也是閱讀的慣性帶給我們的餽贈，好在這樣的願望並沒有落空。

李浩的另一部小說集，北京十月文藝出版社 2018 年出版的《封在石頭裡的夢》，曾收入了短篇小說〈丁西，和他的死亡〉，這也是一篇極為「怪異」的作品。但小說極富意味的地方在於，作者通過故事中陰曹地府的遊歷見聞，來隱祕書寫有關現實的人生百態。這裡當然有陰間即陽世，魔幻即現實的層面，但小說的寓言性不言而喻，即通過地府漫遊，寄寓一種社會諷刺的意涵。小說令人驚異的是，陰曹地府原來和我們置身的現實世界是一樣的。系統為了掩蓋自己的錯誤，需要不斷犧牲個人的利益。這個過程中，官僚體系的敷衍和推諉，社會系統的荒謬讓我們會心一笑。而小說提出的問題在於，是要向系統討回公道，尋回某種抽象的正義，還是索性放棄這種理想和正義，轉而更有策略，也更為實際地謀求個人利益。我們由小說主人公丁西的處處碰壁可以看出，系統是拒不承認錯誤的，因

此堅持下去也不會有結果，在丁西面前，一切全是牆壁；而恰恰相反，善於鑽營的人往往通過非常手段，可以得到自己想要的。這種顛倒既是社會現實的描摹，也包含著作者的批判姿態。小說最後，丁西是猶疑的，是做一個不切實際的理想主義者，還是做人人唾棄的精緻的利己主義者，小說提出了問題，卻並沒有輕易地抵達。而是在懸置和抵達之間，保持著一種情感的張力。這是小說特別有意思，也特別能打動人的地方。

因此對於李浩的「怪異」故事，我更加看重的恰恰是這種指向社會，指向歷史，指向人本身的具有深切現實意涵的作品。沿此思路，我們重新展開這部《怪異故事集》，便不難發現這種新的閱讀感受。比如，〈飛過上空的天使〉便包含著巨大的反諷，我執意將這部小說視為媒介時代一場聲勢浩大的諷刺劇。小說裡突然出現的所謂天使，陡然引爆了社會的關切點，一時間群情激昂，天下大亂，引出的連鎖反應讓人啼笑皆非。然而仔細思索，我們可以發現，這裡涉及到的方方面面雖無比荒謬，卻是我們這個時代的真實寫照。小說的關切點也在這裡。所謂「荒誕」中的「真實」，恐怕正是此類小說的基本模式，以虛擊實，以輕博重，小說的「輕逸」正在於此。因而這裡的「怪異」，似乎並不怪異，反而因其熟悉而讓人會心一笑。

同樣是作為「怪異」故事出場，〈變形魔術師〉裡隱含著一個絮絮叨叨的講述者，和一個耳朵裡起了繭子的聽者，並借人物之口穿插了許多奇奇怪怪的故事。這裡的「鬼故事」，或曰民間故事和本地掌故集萃，不禁讓人想起《聊齋志異》、《閱微草堂筆記》之類的文學傳統。然而小說之中，發生在孔莊、劉窪和魚鹹堡的荒誕不經的故事，卻終究有著別樣的意涵，如小說所言的，「在我們這裡，一切事件都有可能變成傳奇，只要這一事件經過了三張嘴，第三只耳朵。即便它原本平常，毫無波瀾和懸念，三張嘴和三隻耳朵之後，你再聽：它已經一波三折，風生水起，面目全

非。在我們這裡，有的傳奇接近於流言，有的接近於妖言，有的接近於謊言……」小說中富有深意的地方也在這裡，圍繞著變形魔術師的所有傳奇，最後終究變成了流言、妖言和謊言。因此就媒介時代的現實意義而言，〈變形魔術師〉與〈飛過上空的天使〉有著相似的文學主題。

《怪異故事集》中最有意思的篇目當屬〈拉拉國的故事集〉。如前所述的，這部中篇小說包含的一系列片段，當然近似於童話或者寓言故事。因為無論是頒布了太多匪夷所思法令的好嫉妒的拉拉布國王，還是愛看童話，想要一個後母，確切地說，一個凶惡後母的拉拉果，再抑或諂媚和狡點的拉拉裡和忠誠而不幸的拉拉卡，這些都是童話人物的典型形象。然而即便是如「皇帝的新衣」般的童話故事，也完全可能是飽含某種諷刺意味的社會寓言。因而在此，去火山上修宮殿，去南極運冰的拉拉布國王，他的任性和強權，以及拉拉城的市長、警察、記者以及縱火犯之間的故事，總會讓人略有所悟地想起一些什麼。

李浩的這些「超現實」故事，他的所謂「魔法師的事業」，如其所言的，正是為了用語言的弄虛作假去「再造」一個世界，以此追求小說的有趣，尋找寫作的快慰。儘管作為閱讀者，我們能夠頑強捕捉小說所包含的現實的蛛絲馬跡，但作為他自己虛構世界裡的君王，他卻如此迷戀置現實於不顧的寫作的快慰，以至於某種程度上，他就是他筆下的那個「誇誇其談的人」，那個聲稱能夠改變時間，並在被改變的時間裡建立功勳的人。然而，他又毫不猶豫地解構了這一切，因為事實證明，「誇誇其談的人」不過是在吹牛。他的這種「遊戲精神」的背後，其實是要回到事實與自然不分的人類童年時代，這也正是他的寫作策略所在。在這個意義上，我們似乎可以重新理解李浩所言及的先鋒寫作的確切內涵。

【徐剛，中國社會科學院文學研究所副研究員】

特輯

青年現場

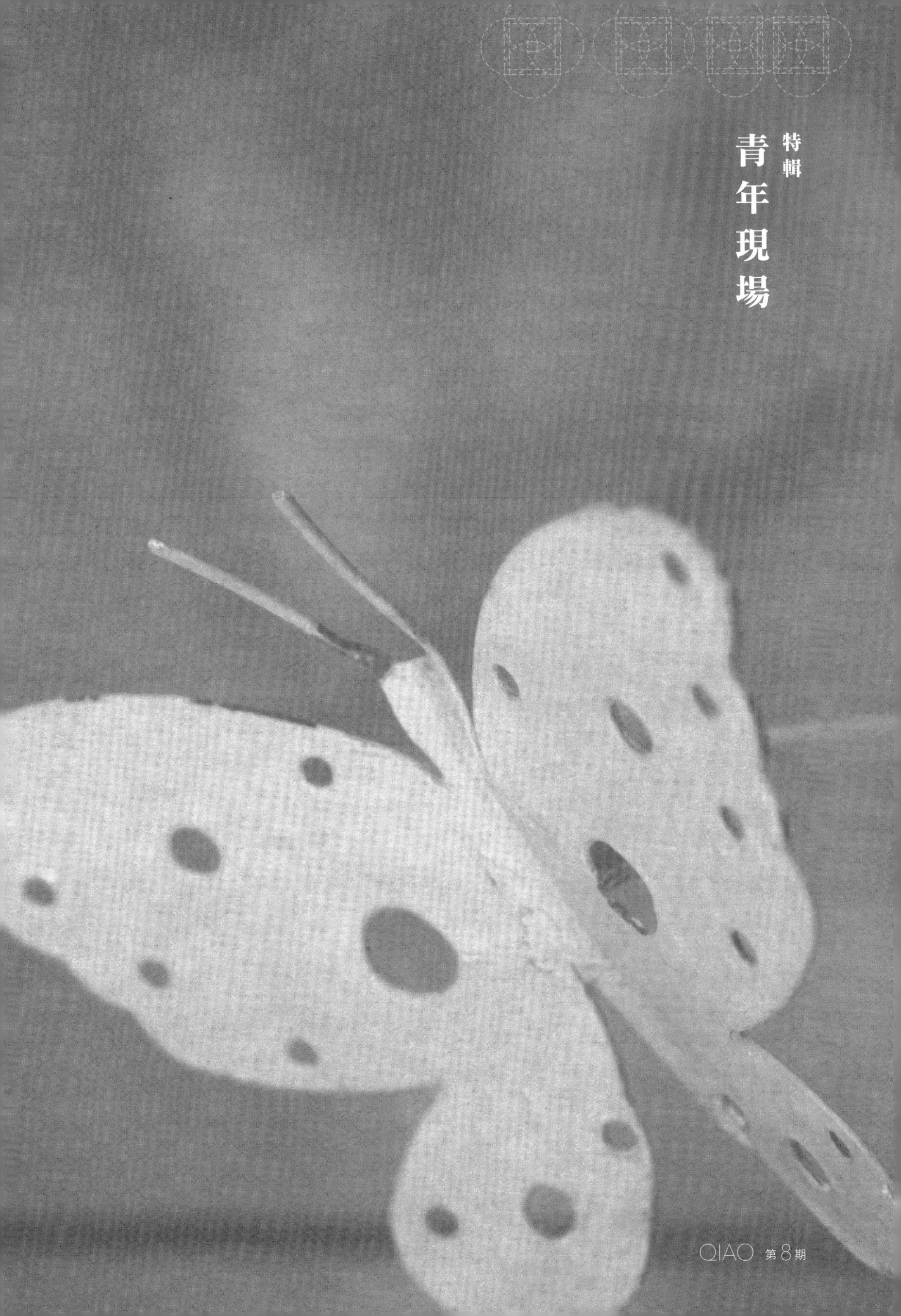

從變裝到偽裝
新世紀以來台灣文學中的「少女」現象

李冠緯

一

　　2010 年，神小風（1984-）出版《少女核》，刻畫一位精神錯亂的離家「少女」逃脫社會框架，與想像中的妹妹一起生活，試圖用自身想像的意志逃離家庭與升學的壓力。同年 10 月底，李維菁（1969-2018）出版處女作《我是許涼涼》，剖析熟齡女子的內在情慾與主體，在該書序、跋中，楊澤與駱以軍分別以「少女學」來概括李維菁的作品，似乎「少女」並不侷限於性別、年紀、性向。在他們的書寫與前輩的「建構」中，「少女」是一種生活的態度，是對於純真的信念仍然有所堅持的主體，她們似乎經歷了人生的一些挫折，並體會晚近台灣資本主義現實難以抵抗的無力，因此即使步入中年，遂嘗試回歸「個人」式的世界觀，以一種心中還是相信愛、和平本身的力量，作為救贖與安身立命之道。2017 年 12 月，何貞儀（1999-）更以《少女化》為名出版詩集，內容亦繼續複製與跟進純情、純

愛的路線。

　　「少女」題材之所以在新世紀後受到關注，除了有出版策略的考量，更與某種消費文化趨勢呼應。因此本文想觀察在台灣新世紀社會背景下，為何會出現「少女」題材、主題或類型，它們又如何與台灣當代社會、文化、消費主義交互影響。同時略為反思這當中的「少女」形象，究竟是否能夠回應或解決她們的人生困境？甚至如她們所號稱的想改變世界？

二

1 . 老派少女──李維菁

　　李維菁（1969-2018），屬於五年級作家[1]，台大農經系及台大新聞研究所畢業，曾任中國時報文化版主任。主要活動地於台北都會。她的著作除了文學創作，亦有藝術評論與藝術家傳記，主要的文學類作品包含短篇小說集《我是許涼涼》（2010）、雜文集《老派約會之必要》（2012）與中長篇小說《生活是甜蜜》（2015），三本都以女性、「少女」作為主要敘述的主體或刻畫對象。

　　《我是許涼涼》中〈永遠的少女〉有言：「但你怎麼能夠苛責少女？少女不正是如此嗎？只有強烈的對愛之憧憬，才生出想要改變世界的力量，可以與宇宙為敵，正是少女的力量之所在。」「少女」在此是一種狀態，與年齡無關，相信愛的力量能夠改變世界，擁有「少女」的想像，才有生活下去的動力。

　　但實際上「想像」並無法真正的在現實中成全女性的感情，或讓女性在情感關係中獨立，故李維菁隨時也在反省「少女」的狀態。在《我是許

涼涼》的〈我是許涼涼〉中便說到：「我是許涼涼，今年三十八歲，對於自己仍然相信愛情婚姻深深感到可恥。」相信愛情與婚姻便是「少女」的價值本體，想像愛情、婚姻或是另一半可以「面對這世界以及全世界的惡意。」但實際上「想像」並無法拯救現實，因此最後當對象選擇青春貌美的女性，與大自己十三歲的主角許涼涼提出分手，許涼涼也只能坦承面對自身的自我欺瞞，並開始檢討男朋友的政治正確與虛偽，但對自身的反省，在文中仍很有限。

然而，少女常處於「非中心」的位置，《生活是甜蜜》亦開始略有自覺。在小說中第三章描述主角錦文與藝術家男友李翊對談後的心理，雖錦文自有能力撰稿，但她自認並不能成為藝術家，故既期望對方身為一個大男人來照顧她，又期待對方能夠作為一個「藝術」本身讓她沾光。「少女」在藝術與感情上自處「非中心」、「被動」的位置，等著他人的給予而不主動，除了一種傾慕與依賴之情，亦是「少女」的自我弱化，以退為進的策略之一。

2．永遠的少女──鄭聖勳

鄭聖勳（1978-2016），屬於六年級作家，畢業於台灣清華大學中文系博士班，曾為中央大學外文系性／別研究室後研究員，曾任教於重慶大學開設「美學與文化」課程並致力研究御宅文化[2]。並與劉人鵬、宋玉雯、蔡孟哲等人於蜃樓出版社合編《憂鬱的文化政治》（2010）、《酷兒‧情感‧政治：海澀愛文選》（2012）、《抱殘守缺：21世紀殘障研究讀本》（2014）、《明星》（2012）等作，著有詩集《少女詩篇》（2015）。

　　鄭聖勳較完整的作品集[3]中的代表詩集《少女詩篇》，收錄 31 首詩與 3 篇短文，並以倒數的方式一一編號，最後一篇 1 號即是與書名同名的詩〈少女詩篇〉，〈少女詩篇〉說：「我不會用別種方式愛／就算另一半的身體也壞掉了／還是不會用別種方式愛／我是髒的／但你讓我變成少女／懷抱著野人獻曝的喜悅／我是髒的／少女詩篇」。詩中的「我」愛的方式只有一種，就算自我即將面臨毀滅，仍是維持一種愛的方式，或許是堅持，也或許是學不會其他種愛的方式。然而「我」是不潔的，「你」卻將「我」轉化為純潔的「少女」。但成為「少女」後，「我」內在的自卑仍未消解，於是轉化前與轉化後的差異何在呢？在內在上似乎維持了一貫的自卑與卑微，不過外在卻成為了「少女」，「我」在愛的狀態中，選擇「少女」作為一種自我保護的姿態。如果說〈少女詩篇〉暗示了鄭聖勳建構「少女」的自卑與姿態，那開篇的短文 32 號〈離家〉所訴說的更貼近作者本人的生命經驗，文中提到「我」和「我」所暗戀的異性戀男性一同去嫖妓。「我」偷聽著隔壁暗戀對象的喘息聲，邊和這邊的妓女做愛，同時傾聽妓女對家的想像與失落。明知無法得到真正的幸福，卻固執於這樣的「想像」，回應了〈少女詩篇〉說的「我不會用別種方式愛」的困境。

　　像是〈少女的祈禱〉：說的「只要不祈禱，地球就會毀滅／只要祈禱，就能獲得幸福。」固執成為信仰，想像幸福的降臨，在這樣高度唯情的狀態中，「少女」選擇忽視「你」以外的一切。像是〈粉紅色〉：「無法在意太多／諸如食用油、環保、服貿／或者愛不愛台灣。／我是少女」或〈膜〉：「你穿過這城市／它們變成不相關的發條。」世界之於「少女」是無關的，或者說「少女」將生命的意義活在對方（被戀愛對象）身上，所以與「你」

無關的一切「我」也不會在意。儘管「我」意識到了這一切苦難，但在高度唯情的主體狀態下，對方才是生命中的一切，「少女」的「愛」成了排他的起源。

　　或許正是這樣的憂鬱情懷與相處結構，愛上異性戀男性的情感經驗，都讓鄭聖勳更加將自身幻化成「少女」，而這個「少女」的形象充滿憂鬱、唯情與焦慮。「少女」懷著強烈的自卑感，理解現實的無力卻仍相信愛情，以為個人的愛情是生命中最高的價值，儘管「少女」理解到愛的不可能完全在場，所以「相信愛情能夠改變」本身終究是「少女」的「想像」。

3.青春與虛構──神小風

　　神小風（1984-），本名許俐葳，屬於七年級作家，中國文化大學中文系文藝組以及東華大學創作與英語文學研究所畢業，曾任耕莘青年寫作會總幹事，其主要活動地於台北與花蓮，目前於《聯合文學》雜誌任職主編，撰寫小說、散文、漫畫評論、劇本。1987年台灣已解嚴，七年級所面對的是與生俱來的相對自由和更多元的通俗文化。神小風較完整的作品包含小說《背對背活下去》（2008）、《少女核》（2010）和文集《百分之九十八的平庸少女》（2012）與電影改編小說《消失打看》（2011）等書。

　　神小風的作品，通常習慣於以女性、少女作為主角或敘述的對象，她們都相當相信愛情，但與其是指相信愛情本身，不如說她們都懷抱著某種激烈或極端自我中心的情感，小說通常將這種狀態稱之做「愛」。像是《背對背活下去中》中的范音音為了留住男朋友，偏執到將其殺害。或是《少女核》中的姊姊，因為某種偏執的情感帶著虛構的妹妹逃離家，最後

和房東做愛後甚至將其殺害。

而《百分之九十八的平庸少女》其中的女性、「少女」多是對平凡的生活或青澀的感情有許多意見。她們生活在網路世代，像是〈查無此人〉中書信體的形式，向各種英文亂碼（這帶有各種網路假名、匿名的形象）訴說自身的不擅交友與不習慣以書信作為媒介。網路的虛構在〈說謊的事〉中甚至成為主角的職業，每天上網發廣告文或廣告留言，將假的事情虛構成真。網路的變異與虛構亦出現在〈夢遊先生〉裡，主角與男友 H 不斷地換各種網路聊天室、軟體，討論分手的話題，從中揭示網路與現實人際交友的重疊與同步。並引用了台灣女博士被網路婚騙的新聞，類比自身在感情中的戀愛模式，相信網路或感情的「虛構」，並將其比擬為真實。

虛構能否帶來真實？將自己虛構成他人，似乎是抵抗世界、抵抗家庭壓力的一種方式，同時也是自我探尋的行為。沈芳序在〈重新來過？——讀神小風其人其作〉[4] 認為：「我看見的，我想到的，倒不全然指涉虛偽的、說謊的事；我認為，這些話語其實也透露出一個人之於『重新來過』的企求與努力。……是神小風作品裡，我所瞥見的『生存之道』。」神小風作品中的角色之所以虛構或說謊，並非是純粹的惡意，而是以虛為真的生存方式。這種以虛構為上的思想特徵，似乎就是「少女」的想像能力，但以「虛構」獲得現實的利益或安穩，自身能在虛構世界（例如網路）中達到一種假象的平衡，沒有自信的平庸「少女」，仍在現實與虛構的錯位中期待愛情，珍惜自己的想像，形成了主體內在自我複製的不斷循環。

4 . 想像的抵抗──陳又津

　　陳又津（1986-），亦是七年級作家。國立臺灣大學戲劇學系與臺灣大學戲劇學研究所劇本創作組畢業，主要活動地於台北。父親為福建榮民，母親為印尼華僑，具有外省第二代與東南亞新二代的身份，也使其作品與訪談關注相關議題。陳又津較完整的作品包含小說《少女忽必烈》（2014）、散文／訪談集《準台北人》（2015）以及以得獎作〈跨界通訊〉為底本書寫的小說《跨界通訊》（2018）。而在《少女忽必烈》中出現了一個十九歲、遊民形象的「少女」，她帶著寫不出畢業劇本的主角破跑遍城市，跟著「遊神」們拯救將要消失的城市記憶。陳又津以自己在三重的成長經驗為基底，寫下將被拆除的天台廣場，將被填平的沙洲等即將消失（甚至已經消失）之地。王國安認為：「忽必烈的都市巡禮，是對都市邊緣消逝的見證。」[5] 故事雖然天馬行空、氣氛歡樂，比起前面「少女」的個案，其實陳又津所關注的主題倒延伸出城鄉在地關懷的視野。

　　《跨界通訊》第三章〈少女實驗〉中亦出現想成為「少女」的生理男性莉莉，和一個逍遙少女李飛篇，他們在故事裡交換身份，試著觸碰情慾的可能。但可惜的是，陳又津較著重於描寫「少女」一種超乎現實的灑脫形象，而非探討其內在的感情結構或身份認同。陳又津以「灑脫」作為形象的角色在小說中不在少數，像是跨性別少年莉莉，亦只是想成為生理、外貌上的「少女」，混入女校的教室上課，卻未描述為何想成為「少女」的心理狀態或過程。莉莉與飛篇，他們皆用自己的方式抵抗（或成為）些什麼，而「灑脫」似乎是他們嘗試靠近理想的姿態。

　　陳又津小說中的人物都沒有特別重視的信念，比起信念，他們更像擁

有一種對社會的叛逆精神。《少女忽必烈》抗拒都更，《跨界通訊》抗拒某種被預訂好的殯葬儀式、逃離醫院，用社群軟體嘗試死後能夠繼續延續意志。或是質問為何生理男性不可以讀女校，陳又津所書寫的「少女」用一種刻意灑脫的方式來面對這個世界，「少女」是用以抵抗現實的其中一種姿態。

三

　　整體來說，李維菁、鄭聖勳、神小風所構築的「少女」形象中，皆帶有一種唯心、自卑與無力的主體。不論是李維菁在〈我是許涼涼〉從戀愛關係中衍生出的階級意識，並將自身放在感情的下層，或是在《生活是甜蜜》裡將自己刻意去中心、邊緣化，期待一個感情和藝術的「中心」，而鄭聖勳的《少女詩篇》則更懷著一種自卑情結，不惜自我貶低，在感情中幻化成柔弱的「少女」，期待一個陽性的主體。這種期待他者主動，將自己居於被動的狀態是相當接近的。

　　同時，「少女」總是以為自己相信純愛，李維菁《我是許涼涼》〈永遠的少女〉懷著「強烈的對愛之憧憬」，鄭聖勳《少女詩篇》〈少女的祈禱〉：「只要祈禱，就能獲得幸福。」神小風《少女核》在網路世界裡以虛構為真，李維菁跟鄭聖勳的作品裡常出現以「想像」來度過現實的痛苦，雖然不見得有效果。

　　李維菁構築的「少女」體現了一些現代都會女性對於「純愛」的幻象與檢討。鄭聖勳則是對「純愛」有高度的堅持，「就算另外一半的身體也壞掉」（《少女詩篇》）亦不改其對愛情的想像與意志。相較於這樣的信仰，

神小風更偏好從自身的情感狀態出發，從青春、虛構、人際討論愛情的想像，而在《消失打看》和《相愛的七種設計》裡，她也從文學創作轉向電影製作，以「少女」作為主角，而其中「少女」對愛情的想像、策略，更貼近一種通俗文學的敘事與建構。陳又津則是從小說中，嘗試擴充遊民、少女、老人、跨性別者的形象與性格，並以此作為反抗「現實」、「死亡」或某種既定的社會規範，但在其小說敘事中，他們的反抗似乎並不是相當有效，最終導向某種精神性的樂觀姿態收結。

在四人的文本當中，「少女」事實上從沒有因為相信愛而偉大或因此產生能抵抗現實的能力。她們只是活在自身「愛」的假想世界中，以此作為屏蔽現實的手段或方法，到了不得不面對現實世界，將再度遭受衝擊與傷痛。從這個角度來說，他們的「少女」主體並無法真正挺立現代主體性，作品的審美效果因此也難有更大的層次與張力。

【李冠緯，淡江大學中文系畢，本文為其科技部大專生研究案的報告】

註

1　五年級作家指涉的是民國五〇年代出生，即 1960-1969 年之間的作家，在 1987 年台灣解嚴之前，成長中曾經歷了二十年左右的戒嚴時期。

2　鄭聖勳曾多次參加「御宅文化研討會暨巴哈姆特論文獎」研討會，其論文〈我們相愛如罌粟與記憶〉亦收入在《戰鬥與力量：第四屆御宅文化研討會暨巴哈姆特論文獎文集》（新竹：國立交通大學出版社，2016 年 2 月），在其中以個人生命經驗出發，討論喜愛動漫的人如何從動漫文化中獲取價值／主體認同。

3　2018 年 8 月蜃樓出版社出版《聖勳作品集》，整理鄭聖勳生前論文、雜論以及其《少女詩篇》成四本書，期待能透過這些作品集，更完整呈現鄭聖勳的視野與精神。

4　沈芳序，〈重新來過？——讀神小風其人其作〉《名作欣賞》，2016 年第 3 期，山西：北岳文藝出版社，2016 年，頁 79。

5　王國安，《小說新力：台灣一九七〇後新世代小說論》，臺北：秀威經典，2016 年 5 月，頁205。

座談

如何勞動，怎樣書寫

這是灼人的現實
讀林立青《做工的人》

張宥勝

我出身自工人家庭，也曾在貨運行做過一陣子的派遣工，對《做工的人》中所述及的諸多人事物並不感到陌生，但另一方面，我的閱讀興趣一向不在工人書寫上，對該領域的了解粗淺到近乎無知，是以《做工的人》帶給我的閱讀體驗，就好比在面對久未問候的親人一般，既親近又陌生，既熟悉又疏遠。我的這篇心得是希望藉著這篇文章的完成，能對社會有更具體的認識，也更進一步的親近這片養育我的土地。

《做工的人》全書共收錄 27 篇散文，並分別被歸類在〈工地人間〉、〈愛拚〉、〈活著〉三個題目之下。首先是第一章的〈工地人間〉，這樣的命名彷彿是將「工地」劃出社會之外，自成一個「人間」，對讀者增添了距離感的同時，也坐實了部分評論所言的「獵奇與窺伺的運作」，但細讀過後卻並非如此。

〈工地人間〉收錄的文章讓我想起一篇對陳映真的訪談，該篇訪談中陳映真談到人間雜誌的命名原因，「人間」除了指我們行走的世界之外，也蘊含了日文中「人間」指「人」的意思在，〈工地人間〉給我的感受與這篇訪談頗為接近，表面上是「工地人間」的群像書寫，更深層的意義，則是在突顯個別「工地人」的形象。藉著這樣的手法，讀者理解到「八嘎囧」並不是只會惹是生非的社會殘渣，喜歡喝酒、吃成藥等難以理解的行為，其動機也不外乎是討生活的無奈，或是個人情感的展現，也就是說，工人與社會大眾一般，都是有血有肉，努力活著的人。

〈愛拚〉則是諷刺性相當強的一章，如此正向的命題很容易讓人聯想

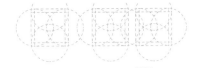

到一首閩南語老歌〈愛拚才會贏〉，但翻閱內容，談的卻多是社會現實對工人階層的殘酷壓迫。其中一篇〈透支幻想〉尤其令人印象深刻，這篇文章前面先是鋪陳了工人對中樂透之後，錢如何花用的想像（當然大多數還是以清償貸款、彌補過去的遺憾為主），末尾卻補上一句「相信我，這種透支是人生現實中唯一一種，兌現時不會負債的。」瞬間擊碎所有的幻想，揭露包裹在糖衣底下的苦澀現實。

或許不是很恰當的形容，但「清明上河圖」是我在讀完〈活著〉之後想到的第一個詞彙，〈活著〉所描述的對象不再限於工人階級，而是外擴至周邊與工人互動性較高的族群，例如檳榔西施、茶室、拾荒者、看板人等等，這其實就是一個對基層社會，或是說有別於主流社會的另一面向的風景素描，當然相對於《清明上河圖》而言，他給人的想像不是那麼浪漫，〈活著〉所關心的仍是社會上較為畸零的角落，所承載的也依舊是現實社會迫人的氣息以及基層人民生活的艱辛不易。

〈賊頭大人〉敘述的是工人與警察之間的互動，先是以油漆嫂騎「我」的車去買便當，卻因「我」沒做排氣檢測而被抓為始，再以同一天的水電師傅白扁線被偷，報案時警察在面對「我」與水電徒弟間不同的態度為輔，帶出工人階層對警方的仇視，以此為契機，「我」更深入地思考導致工人與警察之間惡劣關係的原因。以書寫警察與工人之間的互動這一點去而言，〈賊頭大人〉很自然的會讓人聯想到賴和的名篇〈一桿秤仔〉，但不同的地方在於，作者的筆並沒有滿足於揭露現象，而是更深入的去探索現象背後的成因，以及警察與工人之間幽微的互動關係，最終作者的結論雖仍回到工人本位，但我認為光是就不僅止於書寫憤怒這一點而言，〈賊頭大人〉就是一篇相當不平凡的文章。

〈阿忠之死〉則讓我想起以前曾看過的一部影集《別叫我外籍新娘》，當中一對夫婦的情況就與阿忠極為相似，但〈阿忠之死〉比較特別的是，將聚焦的對象放在身障人士，而不是外籍新娘身上。文章以回憶的形式呈現，先從作者接到阿忠的死訊為契機，並在回想中帶出過去與阿忠合作時

的種種情形，以及作為智能障礙者的阿忠在社會所遭遇到的種種困難。在與阿忠合作的工程結束後，阿忠在作者的介紹下以近乎砍半的待遇到南部工作，再次見面，是阿忠向他借錢過年，再接著，就是阿忠的喪訊，以及透過阿忠的大嫂轉述的，阿忠對無能還他那筆借款的抱歉。阿忠的遭遇自然令人同情，但更讓我感興趣的卻是「我」在文章中的反應，《做工的人》中的「我」的反應大抵可分做兩種，一是同仇敵愾的憤怒，一是恍若觀察者的冷靜。但〈阿忠之死〉中的「我」卻很難歸類在兩者之一，其原因在於，〈阿忠之死〉的「我」不僅是身在其中，參與了阿忠由生到死的大部分過程，甚至「我」還在阿忠生命的轉捩點上起到了某些重大的影響，也因此，當「我」接到阿忠的死訊與大嫂代為傳達的阿忠的遺言之後，所觸發的情緒才會百感交雜的難以準確形容，也才難得的會出現本書少見的，相當詩意卻不寫實的「生命是有層次的，一層一層剝開後，每一片回憶都讓人流淚」來為自己莫可名狀的情緒作結尾吧。

　　〈便利商店〉擺在全書的最末一篇也是相當別出心裁的設計。台灣最日常的風景當屬便利商店，從人口密集的都市區到人煙稀少的鄉下，甚至是人跡罕至的荒山野嶺都可覓得其蹤跡，將書寫的場域設定於此，在無形中就起了將工人階層與主流社會拉近的作用，再者，當中工人形象的轉變也是相當耐人尋味，在〈便利商店〉以前的諸篇文章，書寫對象（不僅限於工人）所呈現的多半是令人憐憫的樣貌，但在〈便利商店〉中，先是有認識的師傅因為「做工的疼惜做工的」的同理心而不願踏入便利商店，再書寫了自身與同行師傅曾以工人粗勇的形象，為受奧客騷擾的店員解圍的俠者作為，讓工人階層從受人同情的對象搖身一變為不只是有餘力關心，甚至是進而付出行動幫助他人的階層。以便利商店為樞紐，作者將工人與主流社會的距離拉近，並將工人階層放上與社會大眾平等的位置，更進一步的消除了本來存在的異質的工人想像。

　　我最初認為，《做工的人》是一本厚重的書，是林立青將他觀察到的現象凝縮，並朝著主流社會擊發的砲彈，其目的在於喚醒主流社會對基層

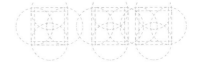

人民的關注,並改變社會上普遍對這些基層(包括畸零人)的歧視與不尊重,這樣的想法至今未變,但在進一步閱讀其他相關書籍後,我有一些新的想法產生,第一是書寫的對象,第二是作者的監工身分,第三則是《做工的人》在襲捲台灣書市之後所產生的現象的疑問。

首先是書寫的對象,林立青老師的書寫對象其實滿特別的,一般而言他們與公司不會有正式的聘約關係,有工則來,無工則去,與臨時工相似,有著極高的流動性,但又不若臨時工般卑微,有意見時與監工、老闆對著幹也不是太少見的事,我不知道如何稱呼這群人,就暫以我那位有三十年鐵工經驗的父親給我的答案「工地間的遊牧民族」來稱呼好了。在我補充閱讀過的書籍中,工人文學書寫的對象多半是加工區的雇工,碼頭區的工人、技術工、女工等等,這批「工地間的遊牧民族」似乎少有人觸及,要說較為接近的應該是吳億偉的《努力工作》中的土水師傅父親,但《努力工作》畢竟較接近於個人生命/家族史的書寫,形象雖然立體,卻不若《做工的人》一般全面,將工地人的群像描繪得這麼完整,是以這個題目應該還有進一步深耕的可能的,不知道老師怎麼認為。

其次是關於立青老師的監工身分,就我自己的經驗,以及與父親和一位正在當建地監工的朋友討論的結果,監工的身分在工地似乎是一個相當有趣的存在,外界往往視監工為工人群體的一分子,但內部卻似乎不是如此,監工往往自覺/被視為上層公司的人,想打入工人群體成為「自己人」似乎都要花上不小的力氣。在公司是基層,在現場卻是權力者,這樣一個夾在公司與現場之間的中介位置,所能觀察到並書寫出的事物想必會與真正在其中(譬如楊青矗)不同,但在《做工的人》中,我所感受到的是作者想將自己真正劃入工人階級的欲望,這樣的做法雖然能夠更合理化自己的立場,讓《做工的人》這顆打進主流目光的砲彈更具威力,但同時可能也喪失某種更宏觀的角度與面對問題的可能。

第三則是我自從追蹤立青老師的臉書之後,觀察到並有所疑惑的一些現象,在《做工的人》暢銷台灣之後,老師常常受邀到各處座談,甚至也

曾來過敝校（淡江），就以曝光來說這當然是好的，但林立青老師會不會擔心鎂光燈最終只停留在自己身上，讓原本意欲平反／翻轉的底層人民繼續埋身於陰影之中？同時，林立青老師也曾在敝校的座談中提到過，您並不擔心沒有東西可以寫，因為還沒寫出來的東西實在太多了，但正如我在前項所提到的疑惑，《做工的人》的威力是無庸置疑的，但問題在於點出的方向不夠具體（例如〈工廠人〉就將工等與臨時工視為問題的核心），我們能夠知道社會對弱勢者的壓迫是有問題，但無法進一步地搜索出哪一方面的問題最嚴重，最需要優先處理，另外老師的書寫重點若是執著在還有多少人沒寫出來這點上，會不會導致讀者所關心的只是您的下一本書能挖掘出怎樣更不為人知的現實，而不是這本書最原本的目的——撕下歧視的標籤，與讓主流社會更正視基層人民呢？

【張宥勝，淡江大學中文系碩士生】

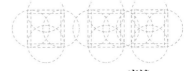

座談

基隆港的潮起潮落
讀魏明毅《靜寂工人》

張漢章

基隆與我

其實我不「青年」,也「非文學」出身,今天出現在青年論壇,似乎稍嫌突兀,算是誤入叢林的小白兔。但是,圈外歸圈外,工人的文化血緣我也稍沾得上邊。而體育環境的文化消長,讓體育圈也有類似的邊緣文化。總歸,今天在這裡就不談體育,而是談工人,談基隆港口的碼頭工人。

說起來我跟基隆也有一段前緣。20多年前,我曾經在基隆生活了一年多,也間斷性地窺見這個港口的時空轉變,以及今昔之比。這些在基隆的勞動工作者,曾經有著光鮮榮華的昔日,這改變的進程,以及蕭條的今日,呈現經濟大環境浪潮的力道。而這個漸變的過程,如同我認識的台灣傳統餅業,也在時代流動中逐漸退場、沒落。

基隆的地理環境,處於山的環抱裡,腹地狹隘,因而看去路小、車多,也因平均雨季長,給我很緩慢的感覺,環境很潮濕、步調也很緩慢。應該說⋯⋯有種莫名其妙的暗,或者說有種壓迫感——這種環境的感覺,剛好能進一步呼應本書作者感覺「悶」的田野直覺。以及所鋪陳出的「靜寂的空氣」與「稠重的哀愁與無奈」。

工人與我

說工人、論工人，我也是做過工的人。在考大學之前就當過隨車捆工，見識過捆工／貨車閃收費站的潛在技術，以及用回數票換便當的經驗。在我印象中，所儲存的工人記憶，盡是那些底層工作文化（休閒），像飄著米酒加阿比Ａ味道、玩香腸（無線電）的特殊活動，也有夾雜髒話的男人對談，或者與性有關的消遣時間，更讓我想起各地鐵路周遭的性產業，如新營的鐵路街（蔗糖業的周遭文化），雜亂中卻有些關聯。

本書與我

我的碩士論文，研究方法與研究內容，跟作者一樣，同樣走過田野歷程（也有同樣「離開田野，田野才開始」的感覺），進入一群人的場域，從生死學的學理論述，到活生生的生命經驗，那種跟關係人交心的過程，以及病理化的詮釋觀點，都有著深切共鳴。當中文本的「靜寂跟失語」，或是「傷心民族誌」、「潛在發展」軌跡，都讓我反芻過去在研究場域中翻滾過的記憶。更在邊緣的主題下，體察到到處都有傷心、失語。我想，作者魏明毅所在的南投應該也有傷心、也有邊緣吧。

說故事的研究

這是一個工人生命史的研究，魏明毅用人類學取徑，以說故事形式呈現的研究。敘說一段基隆港口工人的故事，當中的線索，除了日復一日的上下班節奏，也包括待工與工餘時間、家庭相處的文化描述，算是詳實陳述基隆碼頭工人的生命現況。她點滴刻畫工人與周邊環境的形成，那些

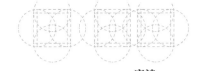

靠碼頭討生活的人，徘徊於酒色漩渦，也看見這個經濟消費圈的命運共同體。前前後後繁雜的故事，隱約可見這群人跟基隆港的生命勾連。但是，我認為當中的網絡，應該比表象更為複雜。

那段在基隆的日子，我曾在許多的夜裡，鳥瞰港灣商船的過往，看見他們美麗的世界。但是，過去我只知道港口的夜景很美，卻不了解明亮光線底下的黑暗，也沒像作者一樣進入當中流動的複雜世界脈絡。更不了解他們有什麼重要的社會史細節（心理史），以及與所在世界的關係研究，尤其是人類學，關切的就是人。港口討生活的人，他們的邊緣、失語與退場，是充滿有機、動態變化的，也是一段生命的生成過程。誠如作者說的「無從掙脫的不知所措」，就是時間形塑出的不可抗拒與迴避的「被切斷」過程。

很多研究只看到結果，卻不知那千絲萬縷的過程。這段人類學的介入，揭開這個小世界裡的民族誌、生命史，無疑地是在凝視受苦，去理解人們受苦經驗，而不是一種蜻蜓點水式的窺奇，或缺乏互為主體的詮釋暴力。一切都曾真實發生，作者也都帶著問號在觀照。面對碼頭工人和他們的苦境，像當中人物李正德描述的自我生命，充滿男性的關愛、責任、放浪與墜落。詳細且讓作者具有反身性，而對自己與對象有所提問。

研究型的小說

以我閱讀的經驗而言，這是很現象學（也很小說）的一本書（如果沒有突然提到田野），也是由一個不一樣的諮商師——魏明毅，遠從南投山區跨至基隆港口，在一片藍領的工作環境中，剛開始應該頗為困窘。作者不斷以說故事進行本質的追問，從量的呈現（時間的流逝），到質變的生

命。基隆港的時間（歷史）與空間感（場域），構成了整個故事的骨架。他的寫作一開始說明了基隆市地理呈顯怎樣的邊緣，基隆港又是如何從過去的榮光，逐漸被推離了繁華的過往，蕭條的工人生計又是被什麼現實堆砌出來的？

魏明毅以輔導的同理之心和學術的人類學之眼，作為形塑人類學理解的厚度和方式，而她跑田野的心得，則形成與不同生命體之生命世界的共感可能。從這些重要關係人生活的描述中可以感受到，這些人在港口生活，由昂首到垂頭喪氣，面對生活逐漸變得拮据，口袋由深到淺，衝擊到工作與餘暇，生活變得好像沒一件事是容易的。這些邊緣地區的人，彷彿演繹世間的窘途與苦難。

這些邊緣地區的人，也產生邊緣的文化生態，一夥人走過曾經的資本主義黃金年代，當面對強大的經濟輾轉與退潮，碼頭民營化之後，政治經濟與文化結構改變，這些過去很行的人，轉眼間成為無力的人……無力地面對很多的「被」，被決定，「被」安靜地驅逐，「被掛斷」，與世界的連結逐漸減弱。也同時產生文化的尷尬，男女和世代間的行動與不行動、希望和失落。

理性的眼光

作者在這裡建築起一座「橋梁」，釐清人際、事業與情感的關聯，形成碼頭文化生態圈的起源，也構成基隆港的命運共同體（經濟體、店家／家庭）的網絡，或許從情感社會學，我們可以得到一些什麼心得。從視覺（觀看）、情緒到感知的觀察角度，這些碼頭工人生命法則，彷彿被動地跟著海港的潮漲潮退，在潮水退去之後，看見不一樣的痕跡。

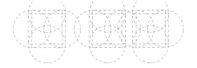

　　我一直在想，基隆的遞變，到底是偶然或是必然，是不是只有基隆，還是台中、高雄都是一個樣，基隆能否作為實驗組與對照組，去看見其他港口社會（經濟活動）的脈絡性。可以理性地從城市定位、貿易消長、國際金流，國際貿易更迭、港口發展興衰變換，做一個歷史歸因，或許能得到不同於小說虛構性的清晰結論。

題外話

　　從這本小說，我們看到一個職業在台灣的位置，被國家拋棄的工人，也可以輻射延伸出許多思考。國道收費員的抗議內容，還是災難後的心理輔導，都存在著在他們世界外觀望的盲點。

　　在身障者的體驗活動，不是眼睛綁個布條，就能體會盲人世界，就像很多勞工研究者，不曾到工地現場的研究「理解」，釋放出可笑的結論。人類學者去走入他們的生活世界，像是在剝洋蔥，透過層層剝除，去除非我族類、局外人的遮蔽，你懂不懂做工的人，不是透過書本理論就能懂得工人。

　　作者將人類學跟諮商輔導做了稼接：敘事的、等待被看見、看見之後……。就像另一頭山上的崇佑企專，經過商專的輝煌時代，低頭跟著時代的轉變，做起了影視教育的事業。有研究，就會有影響或干擾。人類學學者進入場域，就可能會有人類學「霍桑效應」。非我族類的感知，社會性苦難的理解，忽略了人的真實處境，阿甘型的敘說，可能藏有遠比本書更為複雜的生態圖，從諮商室到田野，若是粗糙地進入生活，所看到的不代表真實的生活，這時，田野看到的景象，如很多經濟學、社會學的教授大談運動選手未來，甚至很多沒有當過選手，無法同理去面對生活與未來

的茫然，以自以為了解的傲慢與暴力，去做了「自以為是」的結論。

作者發現了自殺率高的基隆，箇中原因難道只是因為經濟、因為工作。之前九二一大地震編了幾千萬的心理諮商輔導經費（形式上的），但是缺乏了文化的融入，就像過去我所經歷夾報派報的「極清晨」生活，那裡的人都有背景。都缺少理解歷史、社會和文化因素，這是生物精神醫學所難以處理的。寫「人」以及「社會」，背後「無從得知」的困境，不只是互為主體的欠缺，也是無法走進去的高高在上。

微光

在寫書之前，這個研究或許沒有試圖解決什麼，而是盡其所能地描述這個生命群體，研究步驟，是從外部敘說到深層心理的解構；而這本書，則讓讀者看見聽見此生沒機會、或是來不及被聽見的港城故事（還有其他各個區域的邊陲）。藉此看見邊緣的人，看見世間真實的苦難。

許許多多的場域，都會有「被忽略」或「被遺忘」的社會史。是社會史，不是歷史，更不是考古學，有些還是正在進行（用不同形式）。基隆碼頭工人的生命現況，呈現「碼頭」的存在感，形形色色的工人，裝扮出屬於工人的姿態。碼頭工人勞動方式、碼頭工人群體的次文化，用理性科學去看，這一切畫面都會「被觀看」，也會「被習慣」，或視為理所當然。作者以人類學的處境去切入，以及專業諮商人類學的深層視角，去書寫生命的場景，擺脫一切曾被視為理所當然的事物。這說明了，人文研究關切的始終是人，標舉了人類學對人理解，讓生命透顯一些微光。

【張漢章，彰化師範大學國文系博士生】

工作坊

「文學性」的再反思與重構

2017 兩岸現當代文學評論
青年學者工作坊・紀要

綜合整理／黃文倩

編者（黃文倩）按：2017 年 12 月 16 日，淡江大學中文系繼連續兩年主辦的 2015、2016 年「兩岸現當代文學評論青年學者工作坊」後，在第三年（2017）的主題設計上，以「文學性」的再反思與重構為題，邀請兩岸中生代優秀青年學者代表，透過各種可能的子題面向，反思並重構究竟何謂「文學性」？「文學」或「文學性」有其本質嗎？晚近不斷地強調「文學」研究的歷史化，又會造成什麼樣「文學」消解的危機？而在兩岸均步入「後現代」、「後歷史」或「後殖民」的思潮與新現實下，「文學」的思想、審美與責任的限度，究竟該如何再擴充與思考？同時，「文學」跟真（真實與虛構）、善（道德與倫理）、美（技術與多媒介的發展擴充）彼此之間的縱橫、層次、辯證等等的關係，在二十一世紀還能如何被理解與展開？

工作坊的子題大致包括以下五個面向：1・兩岸現當代文學中的「文學性」的歷史與社會生產。2・兩岸現當代文學中的「文學性」個案再解讀。3・中西文學經典中的「文學性」視野及再反思。4・中西文學理論中的「文學性」的疏理與再闡釋。5・多元媒介下的「文學性」的建構可能性等等。

有鑑於「文學性」在上個世紀九〇年代以來的兩岸文學／文化圈，均

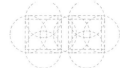

有愈漸被窄化的視野與困境，本工作坊嘗試重新反思，以期重建與建構未來的理想文學與視野。同時，為了讓未能與會的文藝愛好者、文化工作者與眾多讀者們，能共享此次工作坊的問題意識與學者／批評家們的的階段性思考成果，本刊特別摘錄與概括 12 位兩岸與會學者的論文／發言稿的重點如下：

楊慶祥：「重建一種新的文學」

楊慶祥（中國人民大學文學院副院長）的主題為：「重建一種新的文學」。楊慶祥以宏觀的視野，敏銳地指出：隨著國家和資本力量的介入，中國文學近些年獲得了更加廣泛的關注，目前每年出版長篇小說 5000 多部，這還不包括網路上的長篇巨制。作家熱衷於通過寫作顯示自己的特殊身分。在北京、上海等城市，幾乎每天都有相關的文學活動，各種文學類型都似乎重新獲得了讀者。當代藝術更是匯集著資本的光暈，和房地產、金融等壟斷性行業相互徵用。此外，文學的國際化程度越來越深，隨著莫言、閻連科、余華、曹文軒、劉慈欣等作家在西方被認可，上個世紀八〇年代走向世界的欲求似乎變為現實——至少是部分的現實。

但是文學重新煥發了生機嗎？或者說，文學又重新構成了我們社會生活和精神生活最重要的一部分嗎？表面上看也許如此，至少在那些景觀化的文學活動中，有一種短暫的耀眼光芒。但它卻並沒有真正生長出多少創造性的血肉。一方面，文學在繁榮和發展，並在很多方面開拓新的可能，但另一方面，我們卻又常有一種飢餓感——精神和胃部的雙重飢餓，這種飢餓感被一再延宕，以至於我們不得不自我懷疑和自我反思起來。

根據楊慶祥的閱讀與觀察，他認為新傷痕文學寫作、蛻化了的現代主義寫作、非虛構寫作以及科幻寫作等構成了本世紀以來，大陸當代最重

要的寫作潮流。這幾種寫作潮流分別對應著文學與現實（政治）的關係問題、主體與世界的關係問題、虛構（摹仿）的真實性與文學的社會意義問題。它們不是在虛空中形成的問題意識，而同時也是一種反覆和延續，承接著中國文學自現代以來的緊張關切。

同時，他也提出幾個重要的問題與面向，展望大陸未來文學的可能性。

第一，在最近一些作家的寫作中，有一種對現代的「反覆」的現象，比如小說家蔣一談就以一篇同名的〈在酒樓上〉向魯迅的作品致意；小說家張悅然通過一篇短篇小說〈家〉與巴金的〈家〉和魯迅的〈傷逝〉形成了互文；梁鴻的「梁庄」系列，在某種意義上，也是對現代文學史上的「返鄉」題材的重寫；即使被視為類型文學的科幻文學，也遙遠地呼應著1920年代的科幻文學的發生。如何來理解這種現象？柄谷行人在《歷史與反覆》中借用馬克思對資本主義經濟危機週期的研究，認為歷史每一段時期，都會構成對前此一段時期的反覆。在這種反覆中，歷史得以重新結構其問題並向前推進。

第二，什麼是我們當下的歷史意識？如果說1980年代的歷史意識是新啟蒙，1990年代的歷史意識大概是市場經濟之下的去歷史和去社會化。那麼，這十來年的歷史意識是什麼？一種統一的歷史意識已經不復存在了，但這並不意味著我們有一種多元化的歷史意識，而是有幾種歷史意識，而這幾種歷史意識是非相容性的、排他的或者說無法互文的。一是「國家」和「黨」這一抽象主體的歷史意識。二是汪暉在〈九十年代的終結〉中提出創造新的政治和新的文化，基於全球經濟秩序調整後，嚴肅思考的一代知識分子的歷史意識。第三段來自於日本學者吉本隆明在1980年代的一段話，吉本隆明提倡一種消費的革命，並以為在這種消費革命中，可以消滅掉階級差別——當然歷史證明這是一種幻想。實際上，一般的文化

產業和大眾寫手很容易服從於第三種歷史意識，也就是在一種「解構」的遊戲中，無差別地呈現此時此地的日常生活——甚至是消費生活，不僅僅消費商品，同時也消費所謂的人性。這種景觀化的書寫方式和想像方式，已經彌漫於整個文化肌體的每一寸肌膚。嚴肅的「虛構文學」或者「非虛構文學」不會滿足於此，或者說，正是在對這些的拒絕之後，嚴肅的寫作才有可能獲得其位置，所以對於嚴肅文學的寫作者來說，走出九〇年代的歷史意識，汲取多樣的精神資源，並綜合性地創造（想像）出新政治主體——也同時必然是新的美學主體——變得至關重要。

第三個，精神資源問題。一些有創造力的作家都將精神資源寄託於1980年代。八〇年代在近三十年的敘述已經變成了一種想像的美學形式，但問題在於，如果僅僅是將精神資源固定於八〇年代，則把事情簡單化。應該有一個更加開闊和悠遠的精神資源被我們的寫作者所汲取。西歐多次的文化重構都源於對古希臘和古羅馬的反覆一樣，就二十一世紀的中國而言，古今中西已經在全球化的召喚中聚集在我們的四周，構成知識、行為和想像的原動力，但需要注意的是，這些並非是不言自明的，對於中國當下的寫作者而言，如何將這些精神資源挪用、改造、並內化為當下文化的一部分，而不是食古不化或者食洋不化，是特別有挑戰性的難題。反覆的時刻同時也是全新的時刻，歷史意識和精神資源，會在一個個活生生的主體的實踐中，獲得各自存在的形式——雖然它的有效性需要漫長的歷史的檢閱。

彭明偉：「孤獨的兩種形式：
試論師陀《夏侯杞》與魯迅《野草》」

　　彭明偉（台灣交通大學社會文化研究所副教授）的主題為：「孤獨的兩種形式：試論師陀《夏侯杞》與魯迅《野草》」。《夏侯杞》是師陀（早年筆名蘆焚，1910-1988）生前編定的散文詩集，集子中收錄 28 篇師陀在 1940 年代孤島時期到上海淪陷時期的一系列篇幅短小的散文詩作品，在一種特殊的被圍困、被遺棄的孤絕心境下所產生的特殊風格，堪稱是師陀在上海時期的《野草》。彭明偉認為《夏侯杞》在師陀的文學創作生涯的地位，就如同《野草》之於 1920 年代中期在北京時期的魯迅，是理解上海時期的師陀文學思想特點的關鍵作品。就中國現代文學史而言，這部作品也可說是繼魯迅《野草》之後成就很高的散文詩集。因為師陀在諸多篇章留下模仿《野草》的痕跡，在重要主題方面，如孤獨、國民性思考、自我的對話等，師陀也展現脫胎自《野草》式的哲理性的生命感悟。當然，從魯迅孤身肉搏於空虛的黑夜、肉搏於無物之陣的頑強的生命韌性，正好可以對照出師陀的被困在上海孤島、命懸一絲的危殆惶惑與自傷自憐。

　　命懸一絲的寫作師陀在《夏侯杞》中不斷向自己逼問的一個迫切問題：在異族入侵、遭受異族高壓統治下，淪陷區的知識分子能否不受良知折磨而苟活呢？這樣的自我拷問應當具有一定的普遍性，包括同樣淪為日本殖民地的東北和殖民地台灣的作家所感受的苦惱。《夏侯杞》不能不試著回答兩個很樸素卻很根本的問題。

　　一是怎麼寫？師陀刻意模仿、學習魯迅《野草》的表現手法，曲折隱晦，繁複運用象徵、比喻，表面上看來是因為礙於高壓政治、言論思想檢查而不能直說，或不能直接描寫慘酷的現實。師陀在孤島、淪陷時期的不自由、遭到思想禁錮，而採取了不寫外在現實、以拐彎抹角的方式象徵地

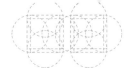

來寫。

　　二是為何還要寫呢？在抗戰時期如此艱難的處境下，師陀有何非寫不可的強大的寫作動機呢？有良知的作家無法迴避良心的逼迫或是拷問，無法不面對自我內在的掙扎。魯迅《野草》和師陀《夏侯杞》都是拷問自己的靈魂的寫作，在最混亂紛擾、人心最墮落的時局下，死生迫近之際，正是考驗人在大是大非之前的決斷。也唯有抗戰時期的上海孤島特殊的情境、在這樣的孤絕處境下，師陀才能寫出夏侯杞的系列作品。類似魯迅寫《野草》，師陀在上海孤島、淪陷時期所寫的夏侯杞系列，充滿了自我與時代之間內在的張力。師陀自嘲在餓夫墓苟延殘喘，自我的內心掙扎就是時代的困境。正是在自我與時代緊張的同構而悖離的狀態，師陀清醒地探究作家寫作主體的問題，寫出了一個孤傲不屈的靈魂怎樣掙扎的模樣。

徐秀慧：「台灣詩史葉榮鐘──
《少奇吟草》的史／傳書寫意識」

　　徐秀慧（彰化師範大學國文系副教授）的主題為：「台灣詩史葉榮鐘──《少奇吟草》的史／傳書寫意識」。徐秀慧指出：葉榮鐘1900年出生於鹿港，1978年因病辭世，其所處的時代跨越了日本殖民統治與國府接收台灣，歷經前、後兩個高壓政權，一生皆籠罩在恐怖政治的陰影之中。早年奔走於政治社會運動，於38歲的日記就已萌生「非完成終身事業『台灣政治運動史』不可」的雄心，但卻也在新舊文學論戰期間屢屢批判擊缽吟詩風，並特別關心影響啟蒙、教育民眾甚鉅的戲劇改革運動，頻頻為文探討新劇、歌仔戲、布袋戲的革新，曾於1930年6月在東京的新民會出版了三萬多字的《中國新文學概觀》，是日據時期台灣介紹五四新文化運動從「文學革命」到「革命文學」──所謂中國現代文學的第一個十

年——最完整的著述。這本小書介紹了晚清以降的維新與革命思想催生新文學運動，並完整介紹從文學革命到革命文學的歷程、評論了各種新文類的作家、作品，以及文壇的流派，亦特別推崇魯迅的作品。

此外，1932 年葉榮鐘主編《南音》雜誌期間，屢屢針對台灣話文／鄉土文學論戰發言，並獨樹一幟提出「第三文學」的主張。貫穿其中的核心價值就是「啟蒙精神」。換言之，無論是從事政治社會運動，或是提倡新文化運動，葉榮鐘始終著眼的是，如何強化台灣的民族意識與民主運動以對抗日本的殖民統治。

葉榮鐘主要以日據下臺灣政治社會運動史《台灣民族運動史》聞名於世，但近年來他的散文集《半壁書齋》以及《台灣人物群像》日漸受到重視，被公認為是日據時代中文書寫最流利的作家。除此之外，葉榮鐘自小浸濡於鹿港儒學與傳統文人遺民情懷的氛圍中，產生濃厚的民族意識，十幾歲就對漢詩產生濃厚的興趣，十八歲即創作了處女作〈望月〉。加入櫟社後，又師承林幼春與傅鶴亭兩位先生，奠定漢詩的基礎，一生留下了七百多首漢詩，充分展現了感時憂國的士人情懷，除了記錄他對臺灣重要歷史事件的感懷，亦包括治警事件、日本侵華戰爭與台灣戰時體制下的忍辱包羞、台灣光復的凄然，二二八與白色恐怖的哀鳴等等。同時，他也以人物為對象，寫了許多詠史詩、悼亡詩寄託他的抱負或對政治現實的感懷，堪稱「臺灣詩史」。透過參照《台灣人物群像》與《日據下臺灣政治社會運動史》中的歷史書寫與人物傳記的春秋筆法，對比《葉榮鐘日記》中思想養成的過程，徐秀慧企圖究明《少奇吟草》（同時參照《少奇詩稿》）中史／傳書寫意識之根源，以說明葉榮鐘創作漢詩時，跟他的史／傳書寫一樣，是刻意留下歷史的見證，並寄託其跨越傳統／現代，日據／光復的那一輩台灣老文化人的淑世情懷。

金理：「失敗青年故事的限制與可能──
以〈可悲的第一人稱〉為例」

金理（上海復旦大學中文系副教授）的主題為：「失敗青年故事的限制與可能──以〈可悲的第一人稱〉為例」。金理回顧大陸晚近當代文學的代表作時指出：近年來，在中國作家筆下，失敗青年的形象大規模湧現，比如方方〈涂自強的個人悲傷〉、徐則臣「京漂」系列、甫躍輝「顧零洲」系列、石一楓〈世間已無陳金芳〉、馬小淘〈章某某〉等均屬之。金理將青年作家鄭小驢中篇小說〈可悲的第一人稱〉亦列入討論，並視其為當代社會、文學與青年處理「失敗感」的一個新的典型個案，討論如下議題：當「失敗感」在今天成為一種彌漫性的體驗時，人們到底如何想像和轉化這種體驗？文學史曾經提供過哪些處理「失敗感」的先例？今天的失敗者故事，遭遇了何種限制又呈現出何種可能性？

小婁是〈可悲的第一人稱〉的主人公，他離開北京到拉丁，表面上看出於自由自主的選擇，然而依然是被資本填充了生命存在本身的內驅力。而他此後試圖通過開荒種植來重返北京，恰恰進一步證明了其無所逃於資本邏輯權力部署的彌天之網。置身於意識形態中的個人，往往意識不到意識形態的強制性，他們相信自己是獨立自足的主體，從而將想像性的關係誤認為真實關係。在「政治無意識」的遏制下，小婁無法認清自身在現實境遇中的真實的階級處境和社會關係──這才是他「失敗」的根本原因。

這同時也是一位「文學青年」的失敗。小婁熱愛創作，初抵拉丁，扔掉了手機，卻將書籍帶進叢林，在中國的現代史上，這類型的青年，一直是革命或者抗爭性政治的有效的利用資源。遺憾的是，文學已經無法在有效的歷史介入和現實，成為一種豐富主體的安置方式，僅只是個人修辭或抒情的表達工具。

一方面是物質欲望的啟動，另一方面是精神修養的隱退（哲學意義上的「孤獨」往往是發現內在自我、發現自我豐富性的開端；然而在小婁這裡，封閉了對現實世界的關懷，並不順理成章地意味著對精神世界的深化與豐富）——所謂「孤獨」，就在這樣一副完全不對稱的體格中左衝右突。鄭小驢以此來提示小婁（以及這一代人）賦予孤獨的「自足性」根本是幻覺，「孤獨美學」的破產是否能重啟反省的契機呢？在小婁反覆體認失敗、逐步退居邊緣的過程中，他肯定不斷地指責這個世界，然而與此同時是否反省過「自己的理想」——那種對個人奮鬥神話的執迷、對公共生活的逃避，才是他一敗再敗的原委。在十九世紀經典成長教育小說施蒂夫特的《晚夏》中，年輕的主人公也曾一度沉浸在自憐自艾的孤獨狀態中，但終於將內心情感向身外世界敞開，通過勞作、通過與外在事物的聯繫、通過與他人的交往，找到「平衡和解脫」，避免「個體思緒在封閉世界中的空轉」，小婁卻完全不具備自我治癒孤獨的能量，種植藥材也是一種勞作，但在他這裡，僅止於追求利潤的投資行為，其所引發的，只是巨大的期待和甘冒風險的焦慮，這樣的勞作完全不參與主體修養的內在建設。

　　小說結尾呈現的「雪地枯樹」是一個非常別緻的意象，尤其在中國古典藝術比如傳統繪畫中，枯樹雖顯現了死亡和消衰，但同時也為復甦和青春的重返帶來希望。孤獨的枯樹最確切地傳達了「天地之心」的生生不息，因為它為自己的再生而掙扎。枯樹引向的與其說是「路之盡頭」，毋寧說是一個「臨界點」：可能就此「從昏睡入死滅」，也可能經「再生而掙扎」通向「青春的重返」。前途未卜，端賴臨界點上的主動作為。

蘇敏逸：「文革時期的政治生活與青年精神構造——論王安憶《啟蒙時代》與畢飛宇《平原》」

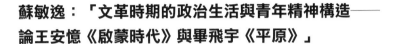

蘇敏逸（成功大學中文系副教授）：「文革時期的政治生活與青年精神構造——論王安憶《啟蒙時代》與畢飛宇《平原》」。蘇敏逸認為兩部作品並比的基礎在於：兩部小說的主人公都是青（少）年，小說涉及文革時期青少年的青春狀態與生命困境；其次，兩部小說的背景都是政治力相對強大的文革時期，小說都涉及政治規訓與日常生活。革命思想及其落實為現實層面的政治生活，與傳統民間生活的複雜關係，兩者之間的相互碰撞與理解、滲透與交融、隔膜與斷裂。此外，就作家的寫作位置來說，兩人也有相近之處，兩人都更接近「旁觀者」，而非「參與者」。所謂的「旁觀者」包含兩層意涵，一方面指在小說所描寫的時空背景中，兩位作家在當時都是「旁觀者」，而非和歷史現實直接衝撞的人，另一方面，兩位作家都在文革結束近三十年，重新回來書寫文革背景的小說。因此，透過在這兩部作品種種相異又相同的參差對照中，可以觀察兩位作家如何呈現文革生活與文革時期的青年精神構造。

具體到文本的關鍵分析：王安憶的《啟蒙時代》和畢飛宇的《平原》都著重於從日常生活細節描寫文革時期的革命理論教條，以及當政治權力落實到具體生活中，與民間文化習慣產生的矛盾衝突、隔膜斷裂、磨合妥協或相互交融與影響，並以青年主人公作為故事主軸，呈現文革時期青年的精神構造。兩者都呈現青年的某種蒙昧狀態，《啟蒙時代》南昌的課題在於認識革命教條的過於簡單、自我身分的確認與人際關係、愛情等人生問題的學習；《平原》中的端方則透過勞動、戀愛、人際往來與打架鬥毆展現他精力旺盛，充滿肌肉、速度和蠻力的青春形貌，並從中流露農村文化青年不安於現實的精神性追求與人生目標的迷茫。整體來說，王安憶

的《啟蒙時代》藉由南昌、陳卓然等革命幹部子弟從理論教條出走，進入上海市民文化，以及何向明從上海市井出走，接觸各種抽象思維的雙向交流，來強化她自創作以來，始終強調的現實感與精神性的兼備；而畢飛宇的《平原》則完整呈現文革時期農村政治規訓，和鄉俗文化兩套行為規範對農村百姓的控制，以及人在其中與之磨合的能動性，同時也透過端方的經歷說明農村文化青年生命出路與困境。

侯如綺：「流亡少年的自我書寫——
張放《春潮》與王默人《跳躍的地球》探析」

　　侯如綺（淡江大學中文系助理教授）的主題為：「流亡少年的自我書寫——張放《春潮》與王默人《跳躍的地球》探析」。侯如綺延續她多年對大陸外省人的離散研究，此次以張放及王默人晚年的代表作為核心，比較與分析兩者同為流亡少年的自我書寫的特質與差異。她指出：張放與王默人 1949 來台，代表了一個龐大「半知識分子」群體。在過往被邊緣化的歲月中，晚年他們都選擇了以書寫來顯露自我，從他們的自我書寫中看到他們在亂世中的痛苦，也讀到他們在亂世中的堅持。

　　張放在《天譴》中，透過不同型態的知識分子折射，直言並突出他所肯定與否定的知識分子。他厭惡崇洋媚外的投機型知識分子、厭惡不關懷本土，而從未懷感恩之心的知識分子，而相對肯定具有韌性、熱愛民眾、有是非價值信念的知識分子。以往反共小說以明確的是非劃分為手段，清楚地分出國與共、敵與我的善惡形象，強調絕對價值；而張放卻挪移了這個方法，寫出受到國民黨白色恐怖下，被壓迫的具有良心的知識分子。黨國不再是善的象徵，而是格外的昏庸，不信任也無法理解流亡少年的愛國熱情，如此一來，善惡兩分法本身在張放的筆下，反而成為了對於往昔反

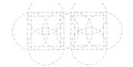

共寫作的巨大的嘲諷。

暨《天譴》之後十年後的《春潮》，張放並沒有把情節僅放在悲憤的指控。退伍後的道路更加寬廣，主人公先是當了計程車司機、貨車司機，接著開始批發農產品、從事茶葉批發。爾後開始開茶莊、買茶園、設茶廠，拓展茶葉業務至海外。正大茶莊經營成功後，遂擴大經營為遊樂園，再轉型為養老院型態的「正大長壽村」。晚年糾集好友們合辦歷史性刊物《春潮》，揭發內幕性的史料，獲得成功。同時，在《春潮》中，他將茶葉生意視為民生問題的解決，不是文人雅士的文化，但也非純然經濟效益的商品導向。他不是以商人的眼光，而更是現代知識分子的關懷和理想來看待商業經營。這不是儒家的經世致用，也不是書生救國，而是他認同勤懇實用的務實路線，知識分子不可自以為高，商人也不必以求財為低，尤其是獲了利的商人更不能忘了自我忘了本，忘了勞工的功勞。一日之所需，百工斯為備，人群給予我們，我們也將自己奉獻給人群，在張放晚年作品中，所見的盡是他期望的泯除階級的理想境界。

而在王默人《跳躍的地球》中，他對於黃可仁少年時期所知所感的描述，不論是國民黨或是共產黨他都不予認同。尤其是國民黨的游擊隊，軍紀不佳，看起來像是無賴漢；國共內戰時期，描述看到國民黨拉伕逃兵等等的殘酷情況，可見他帶有的惡感。我們自王默人的經歷以及前述作品的分析中，他的確是相當擇善固執。他不願意輕易地鬆口他和「蔣家軍」的任何關係，恐怕正與他「愛潔」而近於執拗的性格有關。既是無可奈何，也是難以面對，兩難的尷尬，卻正也可看出在命運之神下保全靈魂的艱難。反映在小說中，即是在《跳躍的地球》中，安排主人公黃可仁在爭執中心臟病發過世。王默人以此情節來表露他創作至死不悔的堅持，尤其是他不願討好讀者的剛直，擴大來說，這也成為他一生行止的準則。與世俗

對抗得到的結果卻是死亡，王默人自己似認知到如此堅持的悲劇性；但另一方面，小說最末可仁的靈魂看到的是廣闊的天地、爭奇鬥豔的花朵，又象徵了唯有堅持才能得到自由的靈魂與美麗的奇景，呼應了王默人對於精神超越的終極理想。

沈芳序：「傷痛經驗與文學療癒——以《冬將軍來的夏天》為例」

沈芳序（靜宜大學閱讀書寫暨素養課程研發中心助理教授）的主題為：「傷痛經驗與文學療癒——以《冬將軍來的夏天》為例」。她以文本細評為方法，分析甘耀明《冬將軍來的夏天》的創傷書寫，並歸納出作家如何以文學為手段，療癒傷痛。

《冬將軍來的夏天》描述了年輕的幼稚園老師黃莉樺一個夏天的生活——以被幼稚園小開廖景紹強暴為這三個多月重要的標記。沈芳序細膩地展開這場「創傷」與諸邊各種人物的複雜利害關係，以至於事實的真相最終難以水落石出——從園長氣急敗壞地回應中，我們得知這個施暴者，也曾是個受害者。但她選擇了隱忍，也並沒有因為「感同身受」，而站在黃莉樺這邊，反而因為自身利益，選擇了成為施暴者的共犯。這本書的每個人物，都飽含了傷痛經驗，卻也因為彼此扶助，而得到療癒（或其可能）。而最奇特的地方還在於此作的收尾方式，作家甘耀明並沒有在小說中給出問題的「答案」，只是讓故事才會停在某個最美的地方。如主人公黃莉樺則是在歷經傷痛後，才能產出了繼續往人生走下去的勇氣，因為某種程度上：「不要問我的祖母怎樣了，不要問我的官司怎麼了，人生不會有答案」。

劉大先：「新媒體環境與文學的未來」

　　劉大先（中國社科院民族所副研究員）的主題為：「新媒體環境與文學的未來」。劉大先高度關注大陸晚近的自媒體／新媒體的現象、發展與未來趨勢。他指出：新興的「網路文學」雖然一直有著關於它的界定的諸多爭議，但經過數年的發展，已經成為新世紀中國文學生態中不容忽視的一個版塊。以文學期刊為主導的傳統型文學、以商業出版為依託的市場化文學（或大眾文學）、以網路媒介為平臺的新媒體文學（或網路文學）「三足鼎立」，但後者所創造的產值，則讓那些久負盛名的「嚴肅文學」作家難以望其項背。

　　新媒體技術首先帶來的是速度與體驗的即時性。審查和編輯機制的鬆散，讓寫作變得容易而輕率。書面文本的閱讀行為，也轉化為電腦、手機、平板電腦終端的瀏覽行為。瀏覽與閱讀的區別在於，巨量資訊和不斷湧現的連結，讓字元的視覺接觸迅疾而順滑，思考與反芻時間縮短，「輕閱讀」出現——它不再伴隨著潛在的內在理性聲音，而更多是由目光掃視形成的即時反應。沉潛深思被娛樂快感取代，生理上的潛移默化讓寫作與接受兩者都變得碎片化；其次，寫作與閱讀雙方的交互性。它體現為使用者註冊、傳播溝通、文本解釋的多重互動。這直接導致「使用者產生內容」興起，隨之改變的是傳統意義上受眾地位的變化。受眾不再是印刷時代那些接受寫定文本的被動者，而是充滿個性、目的與選擇主動性的消費者。這是一種亨利・詹金斯（Henry Jenkins）所說的「參與性文化」，某種程度上可以彌補資本所造成的文化產權私有化帶來的損害。

　　毋庸諱言，絕大部分當下的書寫文學在面對現實的時候，反應是遲滯的。如同我們在許多聲稱「現實主義」的作品中所看到的，絕大部分被書寫的「現實」，實際上來自於已經被媒體符號化的現實資訊，作家們從報

紙、電視、道聽塗說、支離破碎的現實編碼中獲取的不過是二手現實,然後根據這個二手現實進行書寫。而二手現實即便是以大資料為基礎的,也一方面擺脫不了狹隘化的宿命——通過大資料,人工智慧式機器和興趣社交圈將形成個人化的資訊篩檢程式,注意力集中在原本期待視野的閱讀偏好之中,因而造成認知世界與真實世界的隔離,「老是撞見自己」。公共事務、公共議題的探討與個人的交際不可避免地減少;另一方面,二手現實經過新媒體管道的瘋狂傳播,往往形成「後事實」(Post-truth)氛圍,即流言蜚語、謠傳跟風盛行,事實變得不再重要,對於事實的解釋才是資訊流的主潮。文學要做的是以個體性的體驗,突破大資料的「真實」和「超真實」沉浸體驗,直接面對切身的經驗。

資訊超載和沉浸體驗對文學的創作、傳播和接受而言,有三方面值得探討的可能性:一是精神渙散造成的資訊麻木和無動於衷,這似乎有悖於沉浸體驗,但沉浸其實是一種單向度的偏執,即集中於某類資訊,而文學如果想在亂花漸欲迷人眼的資訊泥石流中立足,則要重新回到思想的專注力上,即理查・桑內特(Richard Sennett)寄希望的能夠抵消新資本主義文化副作用的「匠人精神」——「所謂專注,不僅意味著痴迷的、精益求精的匠人一心想把事情做好,而且還意味著他或她認為自己所做的事情有一些客觀的價值。……唯有無私的專注才能改善人們的感受」;二是智慧媒體固然有其便捷的一面,也附帶了負面的因素:資訊會在其中經過選擇和窄化。在如此視野之中,文學需要致力於打開這種被強勢媒介壟斷及建構的新集權空間,通過敘事建立不同事物和領域之間的聯繫;三是當大眾不再是被動的受眾時,文學的再度菁英化或高度菁英化也許是反撥娛樂性和平面性的路徑。

因而,文學未來轉型可能就在於文學的「死亡」與文學性的彌散,即

「文學」的變形，現存意義上的文學形態會發生泛化與收縮。「泛化」是碎片化思維與關於文學的既有共識斷裂的結果，文學性擴展到多媒體形式中，現有的文學觀念會在這種泛化中成為一種博物館概念，就像人類歷史上不同時期對於文學的不同界定一樣。「泛化」表現為兩種形式，一種即流量化的文學，以訴諸感官娛樂、消遣為主的「網路文學」；另一種則是轉化為影、音、圖、文立體化的呈現形態，突出其在書寫維度上的超越性、思想性和啟示性突破，它可能會在題材上發生向此前的一些邊緣文類的傾斜，比如科幻；也可能會體裁上出現文類融合，出現越來越多的「跨文體」寫作，比如「非虛構」；在原先的「嚴肅文學」領域，則是形式與觀念的探索，然而，歸根結柢，文學的收縮植根於人類的自由意志顯現，體現了人之為人在技術變革時代，難以被技術化的潛意識、非理性、曖昧、玄妙的部分。

李崢：「社交媒體語境下的『文學性』傳播——以咪蒙、王五四、六神磊磊的寫作為例」

李崢（中國傳媒大學講師）的主題為：「社交媒體語境下的『文學性』傳播——以咪蒙、王五四、六神磊磊的寫作為例」。李崢以個案式的方式，展開劉大先的命題。在一個以網路社交媒體覆蓋的時空下，文學傳播早已呈現出「分眾」和「裂變」。以專業雜誌和刊物為旗幟，以經典作家為序列的文學矩陣，正在與活躍的互聯網線民／讀者漸行漸遠；前者再也不能滿足時下讀者的多元的審美趣味與渴求，無法滿足人們吐槽經典與解構偉大話語的需求，而後者又恰如其分地展示自己的「牛鬼蛇神」、「語不驚人死不休」的內功，從而收穫來新生代受眾追捧。

一個值得關注的現狀是，再小眾的、奇葩、亞文化的主題也會在當

下找到忠粉和擁躉；再輕佻與戲謔的敘事和寫作，也會能吸引海量讀者嚴肅地閱讀；另外一個更有意思的現象是社交媒體，以其特殊的「分享、點讚、轉發」的傳播方式，培育了一批建構「欲望與想像」共同體的自媒體。這些自媒體以其在社交媒體中獨特話語方式、鮮明的態度、個人化的寫作，在網路語言文字世界裡已然構建出一個「別樣王國」。

例如自媒體咪蒙，特別長於創造話語關係中的「緊張化」，故意製造戲劇性的衝突，將罵人和戾氣進行到底，是咪蒙文章的重要精神內核。在男女關係、親子關係、朋友關係等諸多關係當中，咪蒙的文章總能夠找出暗藏這些關係中的裂隙，並向裂隙裡注入強大的情緒。撲面而來的排比句，接二連三的粗暴話語，讓咪蒙的作品「活力四射」亦有「一片生機」。如此種種，亦讓這個網紅寫作者飽受爭議。

同時，在互聯網的社交媒體中，內容生產者們越來越深諳這樣一個邏輯，即傳播學大師馬素‧麥克魯漢（Herbert Marshall McLuhan）在《理解媒介》當中所指：一個金錢可以買到的使人得意洋洋的幻影和夢幻的世界。在這樣的所謂自媒體寫作達人中，傳播著「建構出的女權」與令人耳目一新的「消費主義」，「文學」的建構呈現出異於以往的景觀。它們在消費主義洪流之下不再逆流而上，反而選擇順流而行，相信政治、宗教、教育、體育、商業和任何其他公共領域的內容，都日漸以娛樂的方式出現，並成為一種文化精神，而人類無聲無息地成為娛樂的附庸，毫無怨言，甚至心甘情願，其結果是我們成了一個娛樂至死的物種。人們越來越不相信宏大敘事，不再關注所謂的真實與真相。新生代們正在消費著生活日常，娛樂著身處的世界。

新生代們用轉發、分享、點讚等互聯網的語言，告訴世界：他／她們不再相信統一途徑發布的消息，人們不再願意花費時間和力氣閱讀和掌

握消息，不再願意相信權威。一種彌散在網路世界當中的「我不相信」、「懟」、「毒舌」以強大的解構的力量，消弭過往建構起來的崇高和意義。

被新生代追捧著的咪蒙、王五四、六神磊磊，則更專業、更成熟地配合前者的欲望，生產符合他／她們欲望的內容產品。事實上他／她們的邏輯是：製造話語──滿足欲望──贏得關注──積累資本──換取利益。

這些互聯網的世界裡，專業的、精緻的利己主義者，如同步入桃花源的武陵漁人，在「不足為外人道也」的幻想中，區隔著自己與他人，在想像的世界裡虛構著自我，並在一次轉發和點讚中完成自己與話語生產者的「琴瑟和鳴」、「自慰高潮」……而偽女權主義者咪蒙，偽自由主義者王五四，偽文學愛好者六神磊磊，絕對不會尷尬地出現而讓新生代們羞愧難當，因為他／她們需要的只是讓粉絲成為擁躉，從而在資本時常中攫取更多的利潤。

楊曉帆：「歸來者」的位置──
高曉聲訪美與〈陳奐生出國〉」

楊曉帆（華中師範大學文學院講師）的主題為：「『歸來者』的位置──高曉聲訪美與〈陳奐生出國〉」。高曉聲是大陸「右派」世代書寫農民、農村最好的作家之一。新時期後以「陳奐生系列」揚名文壇，但後期的書寫亦愈顯困境。楊曉帆引入高曉聲訪美的經歷，清理其訪美經歷所連動下的精神資源、現實經歷及文學形式與內容的發展關係。

1991年高曉聲重續「陳奐生系列」，並以1988年訪美經歷為本事，創作終篇《陳奐生出國》。事實上高曉聲曾於1981年、1988年兩次訪美，對域外經驗和中國問題也有一定程度的認識轉變。從高曉聲的海外遊記、演講中可以看到，一方面國民性主題突顯，承載了反思歷史與促進現代化

的現實焦慮，確立了觀察與啟蒙農民的敘事結構；但另一方面，單一的國民性批判與對農民性的審視，又越來越不能回應八〇年代中後期農村改革出現的新問題，也不能充實啟蒙者自身遭遇的精神危機。高曉聲訪美歸來後的小說創作，正是想要從形式上尋找克服危機的可能：一方面促進陳奐生性格中的能動性、理想性因素來回應中國問題；一方面回顧右派改造經歷所塑造的知識分子與社會間關係，反思「歸來者」在新時期確立的位置。

王安憶（知青世代）談到兩代（「右派」世代和知青世代）作家的關係時，反省自己這代沒能去好好理解「叔叔們」的歷史處境和他們付出的思想勞動。新時期許多歸來作家或難以再執筆創作，或在八〇年代轟轟烈烈地復出後漸漸沉寂，其中緣由值得反思。王安憶說，叔叔們「期望我們能具備著身處的時代裡最優質的稟賦，因這時代是從他們的爭鬥和教訓中脫胎。很可能，他們是過於地看好了它。」楊曉帆或許也意識到，無論是高曉聲或王安憶，對自身和文學創作還是太樂觀了些。這些書寫困境和歷史問題，在今日仍在繼續。

方岩：「作為『札記』的文學批評——從『重讀』蘇珊‧桑塔格談起」

方岩（《揚子江評論》編審，南京大學文學博士）的主題為：「作為『札記』的文學批評——從『重讀』蘇珊‧桑塔格談起」。方岩反省文學批評的學院化和制式化的限制，藉由聯繫上蘇珊‧桑塔格的文評，指出她非體系性的開放與自由書寫的特質與價值。

方岩認為，如果文學批評在當下算是一個正當的職業的話，那麼，在漫長的「學徒期」中大約總會有這樣一個階段，就是對理論和大師批評經典如飢似渴地閱讀。這種飢渴並非僅僅是因為知識的匱乏，而是很大程度

上源於名震天下的野心和虛榮心。於是，閱讀行為變成了尋找閃閃發光的金句，和氣勢恢宏的論斷的過程。因為，總是迫不及待地要在隨後的操練中，能及時地把它們鑲嵌在文章，所以，寫作的過程也就成了製造「我在說，世界在聽」的幻覺的過程。然而未經有效審視和轉化的知識實踐總是來得洶湧，耗散得迅疾，如同幻覺來去如風。總是用不了多久便會發現，一篇篇貌似華麗而深沉的成品，經不清細看和推敲，輕輕一碰，大師的殘骸散落一地。清醒之後，一切需要重頭再來。若想建造一棟美麗的房子，就需要不斷地觀摩那些著名的建築。不僅需要觀察材料、結構和造型，還要勘察地勢和周邊的風景。

蘇珊・桑塔格的文字和觀念遠非高深莫測，她亦沒有站在人類精神頂峰充當「哲學王」的意圖，她的寫作，是對肉身撞擊周遭世界時具體經驗的描述和判斷，是典型的「批評」。因此，與其將其視為遙不可及高高在上的經典，倒不如想像這一切從現象、經驗到語言、文本的發生過程。

在我們寫作的時代及其價值判斷體系中，札記是等而下之的文體。它意味著印象、不連貫、感性……這些詞語以及類似的表達都在暗示：經驗描述上的不可靠和知識、意義上的欠缺和匱乏，大約就是這種寫作難以擺脫的宿命。站在「札記」對立面的，是一個種叫作「論文」的寫作和文體，它預設了「體系」作為總體性特徵，邏輯、理性、客觀等詞彙及其所包含的要求，圍繞著這種形式的寫作，真理的知識形態、意義的深度等是寫作行為開始時就被預支的期待和讚揚。這種區分是無疑已成為文學批評寫作的「常識」。

「體系」更像是帶有前現代思維特徵的知識生產方式，追求恆定、穩定的意義系統，並企圖獲得一勞永逸的終極解釋；而「札記」則更像是對充分發展而又錯綜複雜的現代性語境所採取的更為開放、自由的應對方

式，它並未放棄關於真相和真理的追尋，只是具體的態度上表現出某種自信意義上的寬容，既堅持「片面的深刻」，亦對其他可能性表現出多元、開放的姿態。這大概也是蘇珊・桑塔格堅持以「札記」的形式來呈現「新感受力」的原因，正如其不斷被提起的「反對闡釋」，其重點始終不是反對「闡釋」本身，而是指向僵化的體系及其承載的腐朽的觀念型態。

方岩最終的目的亦是在於提醒自己，「札記」在問題意識上的挑釁姿態並不是破壞性的，而是一種追問真相和深度時更具有建設性、開放性的姿態。

黃文倩：「勞動、大自然與『生活整體性』──《日瓦戈醫生》的『人』的視野」

黃文倩（淡江大學中文系副教授）的主題為：「勞動、大自然與『生活整體性』──《日瓦戈醫生》的『人』的視野」。黃文倩重新再解讀帕斯捷爾納克的正典《日瓦戈醫生》，清理一個天才藝術家／作家對文學、勞動與生活整體關係的美學與思考，換句話說，藉由歷史反覆與回溯正典，汲取昔日理想的「文學性」以為今日的眼界與精神資源。

黃文倩指出，兩岸當下的小說及文學，已陷入了不新的書寫困境已久──藝術／技術雖然到位與多變，但在視野及深度上卻似乎未能生產出超越之作。同時，或許由於受到資本主義以金與權為高，現代實用主義以有形目的為上，以及後現代思潮以解構與虛無為「自由」等主流價值的影響，儘管許多小說紛紛向歷史、社會、哲學、心理學、社會心理學及各式流行主義（女性主義、同志、酷兒）等材料與方法取經與聯繫，但在諸多看似新穎的概念與名詞背後，仍然尚未看到一種能自然地綜合、會通各種學科的審美視野，能在可讀性與新的感性上征服我們，以及確實有更大世

界觀與思想縱深的作家與作品。

　　因此，當我們今天要重新再次反省所謂的「文學性」，透過兩岸過去與現在的作品視野、內涵與「文學性」來歸納，無疑地是重要的進路，但溯源清理一些曾經或隱或顯地影響兩岸現當代文學，卻在日後的世俗現實與現代性下，被擱置與遮蔽的正典／經典的視野，可能亦有另一些豐富的啟發。

　　作為一部正典／經典的文學作品，《日瓦戈醫生》以長篇小說的篇幅，分上、下兩卷，共十七章（含詩作），小說開篇在 1903 年，終結在 1940 年代左右，但重心在 1910-1920 年代，整體上是以男主女人公日瓦戈及拉拉的命運發展為重心，聯繫並思考俄國二十世紀初期的諸多重大革命歷史的發生，及隨之而來的紅白軍戰爭影響下的社會、生活與人心巨變。同時，由於二十世紀的小說的重點特質，亦高度注重「存在」而非僅僅是思想與框架，小說中處處亦充滿著作者對人在動態歷史中艱困與完整生命的細膩思考。

　　帕斯捷爾納克是一位對俄羅斯有著深刻祖國情懷的作家，以賽亞・伯林在《個人印象》中曾說：「帕斯捷爾納克熱愛俄羅斯的一切，心甘情願地原諒祖國的所有缺點……他盡力用眼睛搜尋晨曦——他在《日瓦戈醫生》最後幾章表達了這個希望。他相信自己與俄羅斯民族的精神生活是息息相關的，分擔它的希望、恐懼和夢想，表達它的聲音」，帕斯捷爾納克沒有自外於自己的國家，他是俄國人民的一分子而非外人。

　　正是這種將自己內在於社會主義革命與「人民」的立場，而非「外人」的主體，是作者能書寫出《日瓦戈醫生》的各式豐富視野與內涵深度的關鍵。作者確實在此部作品中，對社會主義革命與實踐、暴力和戰爭，有一定程度上的懷疑，但他對蘇聯的社會主義發展、革命對社會、一般人民、

知識分子等帶來的新生與推進意義，也仍有不乏人類學見識上的肯定。即使隨著小說歷史時間的發展，作品中帶出了俄國的紅白軍爭戰和社會主義革命造成了新的社會困境與生命、天才與質樸價值的耗損，帕斯捷爾納克都仍在作品中，體現了一種真誠、善意與相對公平地觀察不同階層的眼光，努力理解每一個角色，並且為他們各自的存在意義與特殊性辯護。

此外，如果說盧卡奇小說理論強調的「社會整體性」的思想及其美學效果，核心在於關注一種高度動態，甚至可以說極為強調「個人」發展的主人公才能完成（例如《安娜·卡列尼娜》、《紅與黑》、《包法利夫人》），那麼，我們能否這樣問：當客觀的歷史與現實，已經不是大轉型的十九世紀末，而是來到一、二戰後及以存在主義現代性的新歷史條件，而文學批評的工作如果還企圖定位與判斷——二十世紀中葉、甚至二十一世紀以降的小說家及作品的價值與相對特殊性，其重要及成功（思想及美學意義上的）的主人公，是否有可能恰恰不是高度動態的？或者說：不是也無法那麼主動的？因為他們的新的歷史、現實與文化主體，都已「相對」不具備高度動態性的歷史土壤。試想想，令我們令印象深刻的二十世紀中葉以後小說的主人公們是那些人？是「異鄉人」、是「安卓珍尼」，是卡夫卡永遠抵達不了「城堡」的徒勞者，是世間已無陳金芳。

所以，現代文學批評與研究上的有意義的提問，關鍵或許並不是我們如何發掘主動型的主人公，而是客觀的採取新的歷史化，來面對更多的看似消極、難以主動、甚至不具備較高能動性的主人公。他們才是我們考察二十世紀中後葉的重要對象，也是我們思考好的「文學性」的新出發點。

《日瓦戈醫生》中的日瓦戈及拉拉就是這類型的主人公——他們雖然並不是最積極與主動參與歷史與革命的一線主體，但他們也身在當中奉獻一己之力，他們的命運與此連動，最終承擔一生流離為代價，同時，亦沒

有全然否定社會主義及其大敘事實踐過程的意義。而跟經典「批判現實主義」類型的動態主人公相比，《日瓦戈醫生》中的主人公的敘事，甚至還比較沒有那麼「個人」中心，不若《安娜‧卡列尼娜》或《包法利夫人》需仰賴一個「個人」來發展與推進情節。相對的，《日瓦戈醫生》開展出的獨特性是：在視角上並存多個主人公的眼光，在敘事上更多元地保存不同階級與人物類型的發展結構，在更高的視野上，它擴充人與大自然的關係，大自然的敘述在此作不只僅是一種盧卡奇式的「描寫」，它本身就有其敘事的豐富與主體性——大自然與人相並存，以其安頓與啟示的作用令人們敬畏。這一切的敘事效果，均未二元對立的排除任何人的社會性，我們的主人公們，都以他們的各式具體勞動（及勞動的磨損），來驗證他們作為一個國家、社會的人的事實。

　　《日瓦戈醫生》終究反映及表現的或許可以被命名為小說的「生活整體性」——它雙重地肯定了勞動與大自然，人在當中同時是參與的實踐者，也是自然化育的一種作品，人生命的完整性既艱辛亦謙卑地作用其中，亦真誠且不教條的感化我們。

【黃文倩，淡江大學中文系副教授】

橋 QIAO 2018 冬季號 第 8 期

國家圖書館出版品預行編目（CIP）資料

補破網：張郅忻和她的「聯合國」/ 胡衍南
等編輯. -- 初版. -- 臺北市：人間, 2018.12
136面；17 X 23 公分. --（橋.冬季號.
2018）
ISBN 978-986-96302-3-8（平裝）

1.中國小說 2.現代小說 3.文學評論

820.9708   107022759

補破網——張郅忻和她的「聯合國」

編輯群	胡衍南　徐秀慧　彭明偉　黃琪椿　蘇敏逸　黃文倩
責任編輯	黃文倩
文字編輯	羅聖雅　黃文倩
美術編輯	仲雅筠
發行人	呂正惠
社長	陳麗娜
總編輯	林一明
出版	人間出版社
聯合發行	台灣師範大學全球華文寫作中心
出版社地址	台北市長泰街59巷7號
電話	(02) 2337-0566
傳真	(02) 2337-7447
郵政劃撥	11746473 人間出版社
電郵	renjianpublic@gmail.com
定價	160元
初版一刷	2018年12月
ISBN	978-986-96302-3-8
印刷	龍虎電腦排版股份有限公司
總經銷	正港資訊文化事業有限公司
地址	台北市大安區溫州街64號B1
電話	(02) 2366-1376